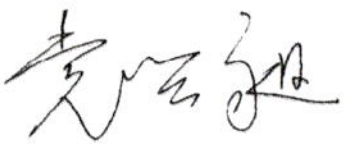

辽宁省法库县人

1953年生

中国作家协会会员

中共铁岭市委副秘书长

铁岭市委政策研究室主任

铁岭市作家协会主席

出版诗集《党兴昶抒情诗选》

散文集《如是我心》

儿童散文集《党兴昶儿童散文集》

民俗理论集《常实额勒克的神话》等10余部

儿童文学作品获中国图书奖

中宣部“五个一工程”奖

辽宁省儿童文学奖等

北方的家

党兴昶儿童散文 1

DANGXINGCHANGERTONGSANWEN

雁儿落，雁儿飞

党兴昶 著

辽宁人民出版社

图书在版编目（CIP）数据

北方的家:党兴昶儿童散文 / 党兴昶著.—沈阳:辽宁人民出版社，2009.12

ISBN 978-7-205-06747-2

Ⅰ.①北… Ⅱ.①党… Ⅲ.①儿童文学—散文—作品集—中国—当代 Ⅳ.①I287.6

中国版本图书馆CIP数据核字(2009)第242518号

出版发行：辽宁人民出版社

地址：沈阳市和平区十一纬路 25 号　　邮编：110003

电话：024-23284321（邮　购）　　024-23284324（发行部）

传真：024-23284191（发行部）　　024-23284304（办公室）

http://www.lnpph.com.cn

印　　刷：辽宁美术印刷厂

幅面尺寸：140mm×210mm

印　　张：16

插　　页：8

字　　数：320 千字

印　　数：1-8000

出版时间：2009 年 12 月第 1 版

印刷时间：2009 年 12 月第 1 次印刷

责任编辑：张　强　阎伟萍

封面设计：李海燕

版式设计：李海燕　王珏菲

责任校对：吴艳杰等

书　　号：ISBN 978-7-205-06747-2

定　　价：59.00元(全四册)

来吧 到北方的家里来呀

然后我们一起出发

序

金波

多读散文。在儿童文学的各种样式中，散文有诗歌的抒情和意蕴，有小说的写人和叙事，有议论文的思辨和智慧。我在阅读了《北方的家——党兴昶儿童散文》以后，更有了多读散文的想法。

这套散文系列共分四卷，即《雁儿落，雁儿飞》《小猪拱门》《钓蚂蚁》《小鸟和树林》，表现的都是东北农村儿童的生活，有的像一幅幅民俗画，有的像一首首抒情诗，有的像一支支小谣曲。

从这些散文中，我嗅到了东北土地上的花香，看到了姹紫嫣红的色彩，听到了虫嘶鸟啭的天籁之音。

我看到了东北肥沃的土地，不但给了我们口腹之养，还给了我们可贵的童年记忆和“北方的家”的种种体验。

浸透其间的是人情之美、教化之美，是那种平和顺遂的情境，自古尊崇的风习。

《奶奶的婆婆丁》（见《雁儿落，雁儿飞》）表述了一段亲情故事，有快乐、有哀伤、有愧疚，都是记忆里的珍藏。我们读着，渐入佳境，那就是全身心地回归童年，返璞归真，不再凡庸。

《小白菜》（见《小猪拱门》）唱的不再是旧日孤儿的哀歌，传达给我们的是一篇人伦的佳话。从这卷散文集里，我读到了童年快乐的游戏，读出了童话的奇趣，那些俚语故事，就像随风吹来的歌谣，它们趁韵吟唱，自然成文。

《小纸船》（见《钓蚂蚁》）写了孩子的丢失与获得，失望与期望，是一篇成长的童话。收入这一卷的散文，像不经意间的书写，是一幅幅淡淡的画。

《母鸡下蛋》（见《小鸟和树林》）写的是“一种稀有的毅力和母爱”。这里的不少故事，都是作者储之胸底的记忆，表现了作者玩索不倦的思考。

这些散文都不是鸿篇巨制，但山川的一草一木，人物的一颦一笑，都流溢着多变的色泽和纯真的情愫。作者从小饱餐了家乡四季的秀色，与一起长大的伙伴十分厮熟，那山上的小红花，那童年的想象，甚至那些戏谑顽皮，作者都能用一颗童心、一颗爱心将这一切绾拢在一起，就像用金丝银线织就的一幅画，让人回味，惹人梦思。

我读这些散文，常常掩卷遐想，羡慕作者有这么好的记忆，让他那些童年的故事经久不忘。我进而又想，与其说作者有好的记忆，不如说他有一种回归童年的天赋。有这天赋的人，会体验时光倒流、韶华可再的幸福。那些童年往事，本蛰伏在他的生命中，一旦有了契机，他可即席挥笔，也可慢慢吟哦。

读这些散文，对心灵是一种抚慰和庇护。我们恍若回到童年，触摸到了童年的脉搏，那是多么健旺的生命。

有健旺的生命，才会热爱生活，才会敏锐，才会不断地寻索和发现，才会触目成趣，走笔行文，写出内容丰富又具美感的散文。

正是因为读了党兴昶先生的这些精短散文，我才更加坚信：多读散文，于做人，于学养，于写作，都大有益处。

是为序。

2009年11月于北京

金 波

首都师范大学教授，北京作家协会儿童文学创作委员会主任。出版诗集、童话集、散文集、评论集等数十部。曾获国家图书奖、“五个一工程”奖、中国作家协会全国优秀儿童文学奖、冰心儿童文学奖、宋庆龄儿童文学奖等。曾获国际安徒生奖提名。

丰富自然而又美好的故事

——我读《雁儿落，雁儿飞》

杨宝珊

只要社会存在，丰富自然而又美好的故事，就会永久成为人们的精神寄托，产生强烈共鸣和无限遐思。虽然原本和谐流畅的内容，随时会受到故事本身的某种阻滞，难以按人们的想象和愿望发展下去。由此，处世老到的成年人往往会束手无策甚至参与纵容，而"人之初"的儿童少年虽然也可能迷惑彷徨，但终能稚气勃发，有效地加以解决。这种识别"意识"和处理"能力"，会使故事更加生动感人，作品的现实意义也会愈加明朗地显现出来。

读罢《北方的家——党兴昶儿童散文》系列《雁儿落，雁儿飞》，我虽已年愈七十，也不禁大有返老还童之感，心驰神往于大东北的辽河岸边。这里既有生命的依恋，也有感情的浪花；既有山野的淳朴，也有市井的浮尘；既有万物种群的和谐，也有优胜劣汰的代谢；既有四季分明的朗润景色，也有与时俱进的时代新风。主题多样、内容多面、视角多点、笔法多变，构成了这部作品像一个色彩缤纷的大花篮，丰富饱满而又不失其自然与美好。

《雁儿落，雁儿飞》没有用曲折跌宕的情节，去诱惑受众；也没有以华丽的词藻，去取悦于人。有着深厚生活底蕴的作家，以一个小男孩的身份，用易于小读者接受的表现手法、朴实的语言，叙议结合，述说自己的心里话。而少量的东北方言，白描、拟人为主的修辞，传说、谚语、童谣的选用，更增添了地方性、趣味性，使文章生动而活泼。多数篇章末尾，还给小读者留有思考和回味的余地。

站在我们面前的是一个充满稚气、童趣的小男孩。他思想无邪，略显野性；他勇于追求、敢于探索；他正在诚实而坦白地向同龄人讲述发生在身边的事，讲述他的亲历和所感所思。鼓励同龄人尽可能发挥人的光明与美好，用行善、助人的欢乐，用道德和情感充实生活，用积极的态度对待身边的一切……没有空洞无物的说教，没有板着面孔的训导，没有故弄玄虚的张扬，有的只是自然真切的叙述、切入肌肤的点评和留下意味深长的余音，使作者与读者在不知不觉中产生心灵的共颤。

《那山上，有朵小红花》，激发了孩子们不避艰辛勇攀高峰的好奇、争强、必胜的信心。虽误将红手帕当成了小红花，但筋疲力尽的孩子们却“兴奋地回味和思考着这登山前后的一切”，其中领悟出的心理所得也就不言自明了。

《雁儿落，雁儿飞》一篇中，比猴子还鬼的二满子拧折了大雁的脖子，使落地的大雁难以重新飞向天空，不幸成为各家餐桌上的美味。与其相对应的是由于“我”的愚钝，意外地使另一群大雁获得再次生存的机会，透露出情感煎熬中的“我”对于另类生命的极度关切。

《女疯子》一文所述，从厌嫌到怜爱到敬重并负起“女疯子”儿子的责任，层层递进、起伏有致地按照故事本身的内在逻辑，进而奏响了富有新意的人间真情乐章，演绎出时代“准公民”的道德佳话。

《回声》中的“回声”，本是较为平常的自然现象，作者却根据小孩子的心理状态，极其巧妙地把二者联系在一起，意趣横生地加以描述，昭示出大自然的无穷魅力。通过武子狭窄胸怀得以开阔和舒展，也表露了人与自然加以融合的人性之美。

凡三十九篇，篇篇有新意，句句可玩味。自然的，人文的，交相托衬，各有风光。更为可贵的是作品的内容或与社会变革给孩子带来的影响相关，或与生活变化给孩子造成的心理要求相关，或与伦理扬弃给孩子提供的选择机遇相关，更与孩子天性使然的成长愿望相关……由此，我们不仅体会到了敏感把握作品题材的重要性，也似乎读懂了作者调动多种艺术手段而要表达内心追求的良苦用心。那就是以“丰富自然而又美好的故事”，给孩子们提供高品位的营养大餐。

身为一名老教师，多年来我对语文教材的不断了解可谓非窄非浅，我对本书作者的知晓程度堪称且广且深。党兴昶的这部儿童散文集作为课外读物，可以使孩子们刷新文体概念、感受别样情怀、铸造人生品质、定位出发起点……

想到这些，尤使我感到快乐和欣慰。

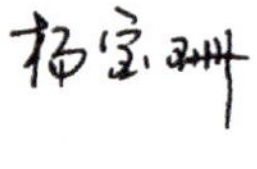

从事语文教学与研究四十余年，本书作者走向文学之路的启蒙老师。

目录

那山上，有朵小红花

也不知道，那该不该叫山。

在我们村子的南边，大人们说，要猫100次腰才能赶到的地方，有一座土堆子。据说，那土堆子是当年济公和尚路过此地，磕打一下鞋窠里的土而留下的纪念品。还听说，只要登上那土堆子，仰面用脚踢天，能听到“咕咚咕咚”的响声。

我们这些在大平原上长起来的野孩子，多么想登上那高高的土堆子啊！

筹划了多少个日日夜夜，就不细说了。在一个早晨，我们的衣兜里装满了妈妈给煮熟的鸡蛋、鸭蛋和大鹅蛋，水壶里灌足了水，便雄赳赳、气昂昂地出发了。

走了多长时间，路上吃喝了几回，也就不细说了。反正我们到了那个地方，看到了仰头才能看到顶的大土堆子山。

正是早春时节，阳坡儿的小草才刚刚钻出地皮，抬头向山峰望去，还是灰秃秃的一片，一点儿也感受不到春天的气息。

我们累了，都不想爬上山顶。

“反正我们已经看见大土堆子山了，歇一会儿也就可以回去啦。”有人说。

“是呀，即使费九牛加二虎的力气爬上山顶，也不会看到什么好的景致。”有人附和。

“赶上一个好季节，再来爬这大土堆子山，那会更棒、更有味儿。”有人添油加醋。

“是的，是的，看来我们可以转马回身啦！”已经是七嘴八舌。

“你们看！你们看啊——”小牛子惊喜地喊了起来。

这时，我们便顺着小牛子的手指，一齐向山顶的一处望去。

山顶上，有一块突兀的巨石像雄狮一样探着头，显得很雄伟、很气派，当然也很险峻。最招人注意的是在巨石的旁边，有一朵迎风怒放的小红花，开得那么鲜艳，那么美丽，那么使人激动不已。要知道，在这样的季节，在这样的地方，有着这样一个小精灵，我们怎能不狂欢、不心潮激荡呢？

没什么说的！爬上山顶，去看看那朵不畏春寒的小红花！

爬呀！爬呀……我们虽然没有登过山，再登就不是第一次。

爬呀！爬呀……互相拉拽着，又一次感受到了谁也离不开谁。

爬呀！爬呀……离太阳又近了一步，那小红花更鲜艳、更美丽了。

爬呀！爬呀！我们终于爬上了山顶，看见了那朵吸引我们的小红花。

呀，哪是什么小红花啊！诱惑我们爬上山顶的根本不是什么小红花，而是一块不知是怎么遗挂在树枝上的小小红手帕！

我们筋疲力尽了，像一堆泥，瘫在了山顶上，谁也说不出一句话。

不说话，可不是因为没有看见真正的小红花，而是兴奋地回味和思考着这登山前后的一切……

下 雨 歌

大平原，好是好，可是，老天爷若是不给雨，花也会蔫，草也会黄，小鸟儿也会停止唱歌，我们的心也会枯萎。于是，我们就拉起手来唱儿歌：

“老天爷，快下雨，
包子、馒头都给你。
老天爷，别发懒，
打雷可要先打闪。”

天天喊，天天唱，果然感动了老天爷。不知他从哪里刮来一阵凉风，派来一片又一片云彩，果真淅淅沥沥地下起了小雨。

雨点儿落在院子里的沙土地上，落在酱缸顶的洋瓦盖上，落在房前屋后的庄稼叶子上……发出各种各样的声音。要知道，这声音有多好听啊！可是，因为久旱，这雨点，还嫌太小；这雨丝，还嫌太稀。我们就趴在窗台儿上高声唱起来：

“老天爷，大大下，
黄瓜、豆角没长大！
老天爷，下到头，
秋天给你二两油！”

又一次感动了老天爷，雨也就真的下大了。花很快就精神起来；草很快就变得葱绿；树梢上窝里的小鸟，眨着又惊又喜的眼睛，已经急不可待地唱起了歌儿。这时候，不但孩子们高兴，大人们也都忙活开了。他们戴着草帽，穿着红红绿绿的塑料雨衣，在园子里补种小植物呀，栽菜秧呀，那气氛真是再活跃不过了。我们小孩子呢，更是稳不住神儿，有时就从屋子里“嗷嗷”乱叫地跑出来，顶着雨在院子里跑上一圈儿又一圈儿，弄得满身满脸都是泥水，或者干脆撵得鸭子、鹅满院子“呷呷”乱叫。

往往在这个时候，也有好惹事的淘气包冲着窗外乱喊：

“下雨了，冒泡了，
王八戴草帽了；
下雨了，淌油了，
屁股上的疖子出头了！”

这儿歌，的确有点不文雅。可是，因为大家都高兴，谁也就不在乎这点小事儿。就连喊这儿歌的孩子，也光着脚丫子跑出来，一会儿帮着这家修修田埂，一会儿帮着那家扶正被雨浇歪的秫秸障子。他自己本来就戴着一顶草帽，也要一遍一遍地“下雨了，冒泡了，王八戴草帽了”。若是算骂人的话，这不是自己骂自己吗？

雨，真好；大平原，真好。

奶奶的婆婆丁

奶奶躺在炕上，她已瘦成了皮包骨。

妈妈上顿给她煮了白面片儿，下顿给她蒸了鸡蛋糕，她都吃不下多少。

奶奶两眼温和地瞅着我，好久，好久。

奶奶问我："婆婆丁发芽了吗？"

我回答："我不知道哎，奶奶。"

奶奶说："好孙儿哟，给奶奶看看去吧。"

看婆婆丁能有什么用呢？我好像认真，又好像不认真地回答："好吧，奶奶。"

"好孙儿哟！"奶奶高兴地说。

过了几天，我想起这件事，就走出了院门，要到地里看看婆婆丁发芽了没有。可是，到了街上，就听大头说，树林子里有"黄靛颏"了，也有"青头"了。捕鸟，我可是个高手。于是，我就赶紧回家取了夹子、扣网，和大头一起到二道壕捕鸟去了。

一连捕了几天，早把奶奶的嘱托忘到了脑后

边。

奶奶的病又有些加重，连喘气都很费力。我的心里真难受啊！

姑姑、婶婶们给奶奶送来了蛋糕、油茶面，很多很多好吃的东西。可是，奶奶连眼皮儿都不往上撩一下。

奶奶又一次盯盯地瞅着我，好久，好久。

奶奶问我："婆婆丁长叶了吗？"

我回答："哎呀！我不知道呀，奶奶。"

奶奶说："好孙儿哟，给奶奶看看去吧。"

奶奶早没了牙齿，又病得这样重，还能吃那些婆婆丁吗？我好像认真，又好像不认真地回答："好吧，奶奶。"

"好孙儿哟！好孙儿哟……"奶奶充满喜悦地嘟囔。

过了几天，我想起这件事，正要到地里看看婆婆丁长叶了没有。可是，刚出院门，又碰见了大头。大头说，西沟子开化以后，小白鱼可多了。捉鱼，我可有两下子。于是，我迟疑了一会儿，还是回家拿了装鱼的柳条筐，和大头一起捉小鱼儿去了。

到了晚上，我整整捉了一筐小白鱼，回家给奶奶吃，不是比婆婆丁好吃得多吗？

奶奶已经上气不接下气了，大人们都焦急地说，看来奶奶要不行了。我急哭了，真不知道该为奶奶做点什么。

爹爹给奶奶冲了红糖水，我给奶奶端来了小鱼汤，可是，奶奶一样只喝了一小口，还吐出来一些。

奶奶神色异样地瞅着我，好久，好久。

奶奶问我："婆、婆丁开、开花了……吗？"

我一惊！赶紧回答："奶奶！婆婆丁发芽了！长叶了！开花了！奶奶。"

奶奶说："好、好孙儿哟，给……奶奶……采、采……"

我实在不明白奶奶要婆婆丁有什么用处，但好像又什么都明白了。婆婆丁是救命的野菜，婆婆丁是最早报告春天的花朵，婆婆丁是奶奶一生中从未离开过的美的小精灵。于是，我极认真极认真地回答："好！奶奶。"

我撒开两腿，没命似的向野地里跑去。刚出村子不远，就又碰见了可恨的大头。大头说："南地里……”我不听大头说什么，使劲推了他一把，就跑去采婆婆丁了。到了地边上，不管是开花的婆婆丁，还是没开花的婆婆丁，我就乱七八糟地采了起来，足足采了一大捧。

可是——

当我捧着采来的婆婆丁，赶到家里的时候，奶奶已经咽了气，哭声和泪水正笼罩和浸泡着我们这个家庭。

“……奶奶啊！奶奶啊！”

我哭喊不迭，后悔不迭，和着眼泪把这开花的和没有开花的婆婆丁，一齐敬献在了奶奶的灵前。

拍　照

从远方来了一位叔叔，打扮得怪模怪样的。

他的脑门儿锃亮，看来头发长得很不是地方，满脸的络腮胡子，足有半尺来长。他下身穿的一条牛仔裤，早已破旧得不成样子，上身穿的一件黄马甲紧紧地箍在了身上，奇怪的是光衣兜就有二十来个。

他的脖子上挂了好几架照相机，什么大的小的，什么长的短的，比我们小学校里的那架“120”方匣子相机可是复杂多了。

叔叔专挑谁也不稀罕的玩意儿照。什么老树根啦，什么废碾盘啦，什么太姥姥的花枕头顶啦……他说这里面有古老的民俗文化，有生活的底蕴，我们真是听不懂。

我们这些没见过什么世面的孩子，总爱跟这位怪叔叔打混混，他走到哪儿我们就跟到哪儿。可叔叔就是不慌不忙，光是村头歪脖树上的老鸹窝，就整整照了三天。他说要等什么光呀，要构什么图啊，真是要多啰嗦有多啰嗦。那一天，叔叔的心情很好，他狡黠地眨了眨眼睛，说要和我们“扯拉拉狗”。要说玩儿，我们哪能不高兴呢?叔叔成了孩子王，我们这些淘小子，就随着这位怪叔叔，你扯着我，我拉着你，闹腾得忘了天，闹腾得忘了地，就是连我们自己也给忘了。等玩完了，闹累了，我们才发现小哥儿几个早已汗流满面，全都成了泥猴儿。叔叔说我们刚才打闹的场面，都被他装进了照相机。我们说，那哪行，我们连件新衣服都没换，大宝还光着膀子露着大肚囊子呢！叔叔却说，那才好，那才真实、才自然、才更具艺术感染力，这幅照片肯定能登在国家级的画报上。

这位叔叔真有趣儿，说起话来总是一套一套的。

过了两天，一大早，叔叔说他要走了，还要到别的地方去拍照。我们小哥儿几个真是舍不得他走，沉默着，顺着乡村小路往村外送他。

这时候，太阳还没有钻嘴儿，天空正从朦胧中一点一点地变蓝。几朵浮云虽然或浓或淡地呈着几分墨色，但已被早晨的霞光镶上了金边儿，给人一种深沉而又浪漫的感觉。该上大路了，叔叔却突然停了脚步，盯住了野外的几根电话线，在我们看来，那上面也就是平平常常地落了一些鸟儿。叔叔的目光却异常地发亮，甚至有些吓人。我们屏住了呼吸，不由自主地后退了两步。他庄重地端着照相机，手儿抖得厉害，只一瞬间的停顿，便“啪”地按了快门儿……然后他直挺挺地趴在地上，莫名其妙地嚎啕大哭起来。

我们给闹懵了，但是绝对知道这是发生了什么十分重大的事情。

闹腾了一会儿，他又猛地站起来，蹦跳着，抓住我们这个的手、那个的手，摇晃着，摇晃着，几近疯狂地叫喊："我发现奇迹啦！我发现奇迹啦！"

过了好一阵子，叔叔才平静下来，他满脸幸福而又神秘兮兮地告诉我们，那些鸟儿蹲在了五根电话线上，就像黑色的音符在五线谱上跳动，而这些音符被他幻想成了贝多芬《命运交响曲》里一段最动听的音乐。

"贝多芬，世界上有个大名鼎鼎的贝多芬你们知道吗？"叔叔又激动起来，"真是太巧了，太动人了，太不可思议了，太……"叔叔自言自语，又一次激动起来。

叔叔拉着我们，也不管我们听懂还是听不懂，讲了足有大半天。他给我们讲了什么是生活，什么是艺术，应该怎样对待生活，怎样对待艺术。给我们讲得个个心里发热，眼睛发亮。但他后来还是走了，潇潇洒洒，一步三回头地走了……

我们不去探究怪叔叔说得对不对，只是觉得这个怪叔叔真好，真是有学问。

鸭子上架

鸟儿入巢了。羊儿进圈了。花腰子母牛已经吃喝完毕，躺在槽头有滋有味地反刍。

就是几只笨鸭子，怎么也不爱上架。有时硬赶也赶不进去，就只有用双手托起它们的脏肚囊，强行送进架里。就是强行送进了架里，它们也会“呷呷”地叫个不停，似乎在宣泄满腔的愤懑和抗议。

我们当然会对鸭子表示不满。有时会给鸭子挂个龟头脸，有时会给鸭子拴个绊马索，有时还会拔去鸭子的几根毛，以示对它们的惩罚。这时候老奶奶却总会一字一板地说：“鸭子不爱上架，从古至今都是这样的。”

对于“从古至今都是这样的”一类问题，我们从不看得过重，相信“从古至今”的事情都是可以变化的，而且“从古至今”都是这样变化过来的。这样的例子，我们当然可以举出很多很多。但是，对于“鸭子上架”这样既简单又很复杂的历史性大案，我们这些鬼机灵，又往往感到棘手，在絮絮叨叨的老奶奶面前常常一筹莫展。

可能是大人这样说过，机会这鬼东西往往是可遇而不可求的。你看，机会还真的来了。

春上，爸爸承包了几亩水塘，河里刚刚放上鱼苗，他就盘算起养一河鸭子，还美其名曰“立体养殖”。

爸爸外出十多天，可能考察去了。回来后，他买了很多建筑材料，找帮工忙活了好一阵子。嘿！还真别说，一栋十分宽敞漂亮的玻璃房子盖成啦，比童话里描绘的还要美丽。室内是非常平整的水泥地面，上边还铺了厚厚一层干爽的锯末子和细细的河沙，一下就使人联想到河滩的美好，阳光从屋顶上照进来，温暖而又柔和，只要打开通气窗，河面的风便软软地吹进来……真是使人感到千般舒适万般惬意。

我们问爸爸：“这玻璃房子干什么用？”

爸爸回答：“鸭舍。”

我们简直给惊呆了，这么好的鸭舍！

在我们的记忆里，鸭舍就是房山头低矮的小趴趴房，里面潮湿而又肮脏，一打开架门，就有一股刺鼻的臭味扑面而来。鸭子当然不爱上架，它们喜欢把扁扁嘴回头插在翅膀里，眯缝着两道细眼儿，在河边的柳毛子里过夜。赶鸭子上架，是所有养上几只鸭子的人家中，半大孩子们逃脱不掉的烦心活儿。

爸爸可真能干，一次就购进了几百只鸭雏，齐刷刷的都是白色。白天，这些小鸭子在河塘里无拘无束地漫游、觅食，鸭群和蓝天中的朵朵白云上下衬托、相映成趣。这可能就包含人们常说的诗意吧。傍晚，鸭子自动排成队，鱼贯地进入到玻璃房子中，它们可以尽情地欣赏洒落在鱼塘里的星星，感受先辈们无法企及的生活韵味。这也是人们所谈论的“天缘作美”的一种境界吗？

说奇怪也不奇怪，这些在玻璃房子和鱼塘里长大的鸭子，从来就没有因为上架而耍过脾气。它们总是有秩序地、欢乐地生活着，产出的蛋不仅个儿大，而且还非常勤，有的一天竟产两个。由此我们联想到从前在低矮的趴趴房里的鸭子，它们祖祖辈辈在不通风不透气的环境中煎熬，真是够难的。虽然有不爱上架的毛病，但它们能够得以生存，得以繁衍，就已经相当不简单了。

我们可真爱想象。我们想鸭子随着环境的变化，其生活习惯也得到了改变，“鸭且如此，何况人乎？”因为高兴，我们竟乱“诌”起来了。我们这里的乡下人，是不是也会随着生活水平的提高，生活环境的改善，而被某些人称作的“坏毛病”也会得到一些改变呀？

老奶奶呢？我们要赶紧找到老奶奶，把这些想法告诉给她老人家。

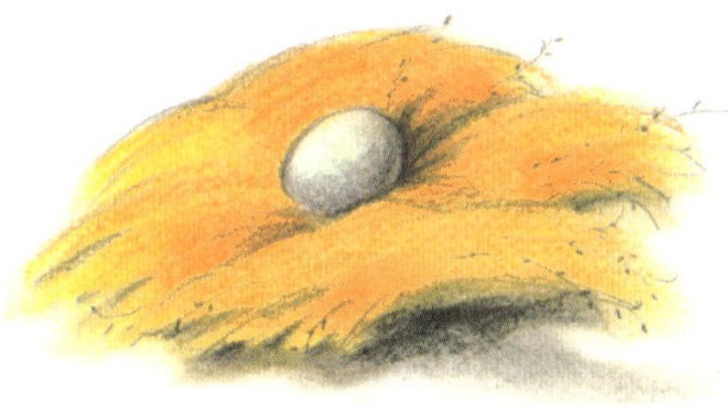

雁儿落，雁儿飞

有趣的事情真多，巧事随时都可能降临。

我和二满子约好，第二天要起个大早，到南大坑滑冰车。因为已经立春，今年滑冰车的机会怕是不多了。

真是鬼天气。

夜里出人意料地下了一场蒙蒙雨，人们在睡梦里都觉得春天已经来了。可是，转到今儿个早上，又冷得特别出奇。你信不信？掏出小鸡子站在外边浇泡尿，尿出的会是一根弧形冰棍儿。真的，谁夸张谁是小狗。

天虽然冷，我和二满子谁也没有拉松，穿上厚厚的棉衣，还是到南大坑去了。

我俩还没把冰车放下，二满子就惊叫起来：

“你看——大雁！大雁！好多好多的大雁！”

可不是嘛！大坑边上，躺着好多好多的大雁。一只、两只、三只……简直数不过来了。

这些大雁的爪子上、身上，都滚满了冰和泥。

看来是下雨的时候沾上去的，天突然一变冷，泥冻了，大雁就再也飞不起来。看来这些大雁都已经冻死了。

真是意外的收获！我和二满子激动得心儿怦怦直跳，浑身顿时出了热汗。

看到这些死去的大雁，我的心里非常难受，可还是和二满子捡呀，捡呀，真不敢相信这是事实。一会儿的工夫我就捡了一大堆，大概足有二十多只吧。

说是鬼天气，真是鬼天气。太阳从东边的云缝中刚一露头儿，天气就又暖和起来。我感到有一股暖暖的气流扑面而来，远处树梢上好像有一种绿的什么东西在流动，大坑边上的薄冰有了水汪汪的征候。正当我不知所措地注视着这堆大雁的时候，又出现了惊人的事情。我看见这些大雁身子在动，在互相地拱，在蹬脚，一会儿比一会儿动作猛烈，继而有的大雁已经抬起了脖子，有的在抖动着翅膀。我感到不好，就赶紧来了一个饿虎扑食，用身子猛地扑向这堆大雁，可是……我扑到的只是刚刚化成的一摊稀泥！大雁们拍着僵硬然而不失灵活的翅膀，一只接一只地渐次飞高，飞高，居然一个也没留下。它们向着蓝天，向着白云，向着温暖的太阳，向着我无法猜度的远方起飞了。它们依然很有秩序地一会儿排成个“一”字，一会儿排成个“人”字，渐渐地在天空中变小了，淡化了，只留下一串意味深长的叫声。

我的一场梦也算有了结尾。

这时候再回头来看二满子，他正龇着一排大板牙瞅我嘻嘻地笑呢！呀？！他捡的那些大雁还在，看来一只也没飞走。我被搞糊涂了。

原来，二满子比猴子还鬼呢。他每捡起一只大雁，就用手使劲地拧一下大雁的脖子，然后就顺手很随便地散放在一个地方。这样，即使有的大雁不被拧死，也不会像我捡到的那些，天一转暖，大雁互相借着体温，很快就暖过来了。

我的眼泪从眼窝里一下子就涌了出来。

我们村这下子可热闹起来了。不管大人、孩子都不厌其烦地传着这一“特大新闻”。人们把二满子看成了英雄，看成了“智多星”，而把我看成了窝囊废，看成了榆木疙瘩。这天晚饭，不少家的桌子上都摆上了雁肉，二满子家也因此收入了不少钱。二满子妈变得特别大方，白送了我家一只，我家里人也就吃到了雁肉。可是，我实在觉得心里别扭，不但吃不下这雁肉，连饭也没吃下多少。

我一个人踽踽地来到村外，看见二满子正准备在南大坑边解手。想到那些死去的大雁已经被他消化完毕，心里便有了一些想说又说不太准的感想。这时二满子又在向我龇牙咧嘴，可是我的眼前不断浮现着那些飞走的大雁，庆幸它们遇见了我这个傻瓜蛋，可也挂念着它们今天晚上会睡在哪里。我就轻轻地踢了二满子一脚，心想一定要和他唠点什么……

小青蛙，呱呱叫

伏天雨水大，漫过了村里村外的河洼子。

小青蛙多了起来，“咕儿呱！”“咕儿呱！”没白天没黑夜地叫着，东边停了西边起，南边停了北边起。

可能什么事情都是这样。开始的时候，觉得这大批大批的青蛙怪有意思的，它们既憨厚又活泼，比别的小动物好玩多了。那“咕儿呱”“咕儿呱”的叫声，成了乡村里很好的音乐，听起来叫人很顺耳。

可是，伏雨连绵，那蛙声也就响得愈甚，起初让人心情挺好，继而就会感到心烦，然后也就使人恼怒啦。

“我要调理调理这些讨厌的家伙们！”

我先是抓来三五只青蛙，用麻线一头拴住它们的后腿儿，再把麻线的另一头绑在装满河沙的小纸盒上，让它们拉车。可是，它们不好好拉，还想乱蹦乱跳。我就用树棍儿不停地敲打它们的后背，口里念念有词："气鼓，气鼓，青蛙青蛙气鼓……"果真灵验，所有青蛙的腮都鼓起了气泡，青蛙的肚子胀得好大好大。愈是敲打，这气泡、这肚子就愈大，一喘一喘的，叫人感到真是滑稽可笑。

这样时间长了，也就感到有点儿单调，不足以排解心中的烦闷。于是，我就用各种办法抓住一只又一只青蛙，把它们装在带盖儿的柳条筐里。这些青蛙很不老实，在里面乱挤乱蹦，筐盖儿都快被拱破了。我就用柳条子把筐和筐盖结结实实地捆牢，给青蛙们关了禁闭。第二天，当我去给这些青蛙放风或是准备释放它们的时候，却发现柳条筐完好无损，青蛙却一个不见了，这真是一个不解之谜。

这些青蛙，把我搞得很疲惫。

我要"变本加厉"了。我把抓到的青蛙，一个又一个地抛进河水中、大堤上、树林子里……我是有了"营生"，这些青蛙怎么样我就不知道了。这样，我还是觉得不够开心，只有"孤注一掷"。我拿着一根细细的钢钎，不分早晚地站在浅水中，看青蛙从水里一露头，一钎就是一个，一会儿就钎成长长的一串。然后，我把这些青蛙的大腿儿撸下来，在没有人的地方用火烤着吃，又香又顺气。

过了一些日子，我得了一种毛病，即不断地吐唾沫，我感到这是吃了青蛙的结果。

后来，这事情被爹知道了，我自然挨了一顿狠揍。爹说我以前性情挺温和，现在不知为什么变得很残暴，青蛙是吃害虫的，无论如何也不该捕杀。已上高中的姐姐更会添油加醋，说我的嘴巴上都长出了小胡子，已是大人了，不该这样不懂事，她还故作文质彬彬地说："己所不欲，勿施于人，当然也该勿施于蛙了。"

"我不听！我不听！"我哭喊着跑向村外的河堤上，望着不时被乌云遮住又不断冲破云层的太阳，在水流湍急的小河边上，一个人托着下巴坐了大半天。

当雨季过去，河水落下的时候，青蛙的叫声也就少了。太阳朗朗地照着，重又投下柔和的光影，我烦躁的情绪也逐渐平静下来。我几次看到有死掉的青蛙躺在河床上，还有的只留下了半个身子。我断定这事儿是我干的。

青蛙对人类是有益处的，青蛙也是洁净的，不管死后过多久，它们的尸体也不生蛆。这事儿，我以前听大人说过，这当儿我本人也看到了这一事实。

我羞愧难当地捡起几只死掉的青蛙，挂在家里的屋檐下，别人问我干啥，我说做“药引子”用。

半　亩　塘

伏天里没有风，闷热。浑身的汗，顺着脊梁骨直流，像有无数个小虫子在爬，弄得人痒痒的，很不自在。

这天放学早，铃一响，我就和陈志飞跑到半亩塘去了。

半亩塘不大，沙底儿，四周长满了青蒿子、老蒲草之类的绿色植物。这个地方离村子远，很少有人来，我和陈志飞没管三七二十一，甩掉衣服，赤条条地跳进了水里。倏忽间，只听有人尖声尖气地"啊"了一声，原来是大丫头和二丫头也在这里洗澡。

大丫头、二丫头比我和陈志飞大几岁，这就更使我们不好意思了。可是，就像骨头已经进了狗肚子，我们还怎能赤条条地爬到岸上，去穿那个遮羞挡丑的裤头呢?

我和陈志飞尽量游得离大丫头、二丫头远一点。可是，半亩塘小得像个饭锅，再远也远不到哪里。

“怎么办？”我和志飞都犯了愁。

“若是有一根长长的青麻秆儿就好了，可以把挂在草棵上的裤头或者裤子，哪怕是背心挑过来。”可是，我们没有这根长长的青麻秆儿。

“若是天快点黑也就好了，可以借着乌漆墨黑的夜色跑到岸上去。”可是，太阳故意和我们过不去，像被人死死地钉在了天上。

“若是能拽根青蒿子、老蒲草什么的也行，可以把这些东西胡乱地围在身上遮遮羞。”可是，我俩这边岸太陡，根本就够不着。

“怎么办？怎么办？”

“还是等大丫头、二丫头先上岸吧。”志飞说。

可是，这个大丫头、二丫头，横竖就看不出她们什么时候能上岸。看着她俩低着头窃窃私语的样子；看着她俩把身子完全沉在水里，只露出个小脑瓜的样子；看着她俩不游也不玩，有点慌慌乱乱的样子……我和志飞明白了，她俩和我俩犯了同样的心思，陷入了同样的窘境。

“怎么办？怎么办？”我们在水里待的时间

太长了。

“黑头和强子可能是死了！也不来救救驾……也怪我俩，光顾了凉快，冒冒失失地……”

半亩塘啊，这个半亩塘！

大丫头、二丫头啊，这个大丫头、二丫头！

志飞急眼了：“有什么了不得的，我上去！”

他冲着大丫头、二丫头喊：

“你俩，转过头去！把眼睛闭上！”

还没等我反应过来，志飞就“忽”地冲到了岸边的青稞子里，随手把我的裤头扔了过来。

这事儿虽然就这样过去了，可是后来我和志飞再碰见大丫头、二丫头，还是有点难为情，她俩可能也有点儿……那个。

女　疯　子

不管是早晨、中午或是晚上；不管是在写作业、玩耍或是搞什么有意思的活动；不管是在路上、打麦场上或是胡同里，我们经常会受到一个蓬头垢面的女疯子的干扰，她不住地拖着沙哑的长腔哼着一支含混不清的顺口溜：

“走马芹——，勾人魂——，
走马芹——，药死人——；
勾走丫头算、算、算罢了，
药死小子活、活、活坑人……”

多么讨人嫌呀！

有时候，我们捂上耳朵躲着她；有时候，我们吐她，在她身后喊：“女疯子！女疯子！”有时候，我们撵得她到处跑，她常常被横在前边的烂木头什么的绊倒，她却抱起那木头：“儿子、儿子，你是我儿子！哈哈哈，你回来，我儿子！呜、呜、呜……”

她笑得好吓人。

她哭得好伤心。

婶婶常拉着我们的手说：“别欺侮她，她疯了，她的儿子不明不白地死了，她够可怜的啦。”

姨姨常拍着我们的脑瓜子说：“别欺侮她，她疯了，她当家的都不管她了。”

是的，她是够可怜的啦。

她的儿子叫小栓，以前，我们常在一起玩儿。小栓心眼儿不全，那一回我们打赌，他一次吃了七个生茄子，肚皮都变成了紫色；每次玩“赶着大车闯关东”都是他当马，别人当车老板儿。有人说，走马芹不能吃，小栓却硬逞能，那天采来小半筐儿，趁他妈不在家，用水煮个半熟，吃了。

后来，小栓得了急病，不几天就死了。

他妈说是吃了走马芹药死的。

小栓是他妈妈的命根子，命根子没有了，她怎么能稳住心呢？她就只好疯癫癫地游荡。

小栓爹一个人到外地去了，不再管她。

我们逐渐懂事了，我们不再欺侮小栓妈，我们一看到她那个样子，就会想起小栓，心里就非常难过。

我们和大人们一样，常常为她做点什么。

冬天到了。我们就捡一大垛柴禾，堆在她家门口。可小栓妈一犯病，就坐在柴垛上："坐大车，坐大车，看儿子……"

春天刚刚到来，我们给她家的园子种上蔬菜，栽上好多好多的花。不久，花就开了，一丛又一丛，五颜六色的。引得蝴蝶来，引得蜜蜂来，引得蜻蜓也来，来到这园子里开联欢会。栓子妈有时候就扑这蝴蝶，扑这蜜蜂，扑这蜻蜓："儿子、儿子、儿子你往哪儿跑，咯、咯、咯……你往哪儿跑！"

日子长了，我们发现了一个秘密，小栓妈已经很少到街上乱跑，有时还痴呆呆地瞅我们干活儿，有时还给我们递个铁锹什么的。

已经好几回了，小栓妈像是给别人听，也像是给自己听地叨咕："我儿子活了，我儿子活了，谁说我没有儿子，我有不少儿子……"

我们听了，觉得怪，也不怪。我们就分成了好几个小组，轮班儿照顾小栓妈。

香瓜熟了的时候

香瓜园里的香味，不时地飘进村子里。我和小二馋得直流口水，我俩商量好了，准备熬到天黑去偷瓜。

偷“二骆驼”家的香瓜，可不是闹着玩的，这老女人厉害着呢！男人长年在外，她一个人敢在瓜窝棚里过夜。

瓜是偷来了，尽管都是生瓜蛋，我和小二也算开了心。

可骂声也紧接着跟过来了。

“二骆驼”骂人骂得怪，骂得狠，远近出名，都是些使人听不进去的脏话。她虽然不知是我和小二偷的瓜，我和小二听起来，心里也是特别别扭。

这个仇一定要报。往她家的菜秧上浇尿吗？往她的瓜园里投掷石块吗？把她的宝

贝孙子来福骗到村外揍一顿吗？……我们不敢，这“二骆驼”实在可怕。要不，就干脆和她对骂，也不行，不但骂不过她，那也暴露了我们的“真实身份”。

办法终于有了。《成语词典》上有一个词，叫“一不做，二不休”，我和小二也要“一不做，二不休”了，还去偷她的瓜。

与其说是偷瓜，不如说是糟蹋瓜。天黑下来以后，我和小二每人拿了一个铁钩子，从高粱地溜进了瓜地边上，用铁钩一钩，瓜秧就被拽过来了。这样，熟瓜可以拿回去饱餐，生瓜和瓜秧我们用双脚踩着解气了。

所幸的是“二骆驼”当时一点也没察觉。

只是在第二天一早，从瓜园里又传出了更厉害的骂人声。骂得不少人捂上了耳朵，或者跟着瞎起哄，当然老太太们都会送顺水人情，说骂得好、骂得解恨。

小二是个鬼精灵。傍晌，他硬拉我到“二骆驼”的瓜园里闲逛。

“二大娘，渴了。”大块头不知什么时候也走进了瓜园。“渴了？渴了，就掏钱，掏不出钱就偷，就去偷呀！”“二骆驼”把满盆子脏水都泼在了大块头的脑瓜子上。

“真的渴了，二大娘。”大块头说。

“我看没渴，渴了还愣着干啥，还让我喂你不成？你们这帮小崽子呀！说不准祸害我这瓜园的就是你们！”“二骆驼”一句紧似一句。

“你俩瞅着干啥！到了瓜园就随便吃，快吃！”我和小二干坐着不好意思吃瓜，倒好像是个罪过。

“二骆驼”给我和小二每人掰开一个瓜，说：“好孩子总是有的……瞧你大块头，张嘴要瓜吃！没脸没皮。”

大块头弄得满脸都是瓜子，嘿嘿地憨笑着。

我和小二被表扬了一顿，手里拿着瓜，吃也不是，不吃也不是，就齐声说：“二大娘，晚上我们哥儿俩来给您作伴吧！”

二大娘心里一热：“不用！有这句话就行，妈了个小球球的！”

陷　阱

这正是狩猎的好季节。

我们和几个大孩子一起，在树林子里的一个空场上，用鹰嘴镐刨开冻土，用铁锹挖了一个深深的坑。然后我们在坑上盖了一些树枝，在树枝的上面又撒了一层薄土和碎草。别说是动物，就是人也很难看出这是一个陷阱。

不奢求捕到狐狸和野獾，我们希望很快能捕到一只出来觅食的傻狍子。

过了一天，我们去看了，没有；过了两天，我们去看了，也没有；过了三天，我们去看了，还是没有。

我们一连看了五天，都没有，我们就少了兴致，不再怀什么大的希望。

我们有的和大人去苇塘里割冻苇子，有的到水坑子里去开河捕鱼，把捕狍子的事儿几乎给忘了。

说不清过了几天，那一个早晨很冷，我和小

二背着花篓，要到树林子里捡点柴禾。我俩顺便到陷阱旁看了看，这一看不打紧，我俩的心差点蹦出来：陷阱塌了，总算是塌了，一定掉进了大狍子！

我和小二捂着怦怦跳的心，大步走到陷阱边，往陷阱里一看就傻眼了，掉下去的不是狍子或是别的什么动物，而是一头口里喷着白沫子，浑身沾满了泥土的小牛。看来这头小牛掉进去已有好几天了，怪可怜的。

这时我一下子就想起来了，前天老大把家的一头小公牛丢了，老头子都要急疯了。

我叫小二赶紧回了村子，小二很快就找来大头和二愣子，我们费了九牛二虎的力气，好歹把小牛给拽了上来。还好，小牛在树林子里缓了一会儿，就一拐一拐地向村子里走去，找它的主人去了。

我们几个惹事的家伙，这几天觉得有点对不住老大把，但谁也没有勇气，把委屈了小牛的事儿说破。

只要有了预想，总是有可能实现的。腊月廿三过小年儿的那一天，我们终于用套子套住了一只又肥又胖的大傻狍子。

我们把狍子皮和一大块狍子肉送给了老大把，老大把一面夸我们是好孩子，一面又推推搡搡地说不要。

我们说这是孝敬养牛功臣的，硬是把东西塞给了老大把。之后，我们都忍不住地笑了起来，每个人都很滑稽。

当然，老大把被我们笑得有点儿发愣。

谷草垛

红月亮，从树隙里笑眯眯地升起来，挂在了场院的谷草垛上，就再也不动了。

这月亮显得很嫩、很软，像鸡蛋黄没有完全煮熟，有点儿颤巍巍的感觉。没有风，只有浓浓的粮食和干草的混合香气，在村子里扩散着，扩散着。

我们的游戏，就在这个时候开始了。

“谷草垛，插尖刀，
你的兵马任我挑；
嘿！嘿！挑哪个？
挑中间那个秃老婆！”

对我来说，中间那个秃老婆，就是村东头的二芹。

二芹心灵手巧。她有唱不完的歌谣，她会绣花，还会编席子呢。

二芹会疼人。她说话总是不高也不低，谁有难处就帮谁。

二芹长得也俏。用大人的话说，她是“丹凤眼，瓜子儿脸，樱桃小口一点点”。

每次我们做这种游戏，都是村东头的站成一排，村西头的站成一排。然后一对一地互相闯阵，闯开了对方拉着的手，就拉过来一兵，闯不开，这个闯阵的败将就留给对方了。

轮到我闯阵，我总是闯二芹那个关口，每次我不费多大劲儿就能闯开。这样，我就拉着二芹，把她拉到我们村西头的队伍里来。当然，村东头的人，也闯我们的阵，我和二芹的手总是拉得紧紧的，他们闯也闯不开。我和二芹的手，就这样紧紧地攥一个晚上。

日子长了，村东头的取笑我，说二芹是我媳妇。我要和他们打架，二芹却说，打架不好，说是就是呗。

“说是就是呗。”我记住了二芹的话。

总也不刮胡子的罗锅二叔也逗我：“二芹是你媳妇？”

“是，咋的？”

“瞧你那两筒大鼻涕吧！”

“我没鼻涕。”我用手使劲揩了一下刚刚流出的鼻涕。

“瞧你一块豆腐垫俩铜钱儿的小矮个吧，二芹苗条条的，她会嫁你？”

“我不矮！”我下意识地直了直腰板儿。

就连我爹也逗我：“我不给你饭吃，你还要二芹吗？”

“要！我自个儿挣饭吃。”

“我不给你房子住，你还要二芹吗？”

“要！……房子会有的。”

那天做完了游戏，我和二芹不愿意回家，就在谷草垛上干坐着。你瞅着我，我瞅着你，谁也不知道该说点儿什么。坐着坐着就都睡着了，醒来只看见一轮红红的月亮，像一朵正在盛开的牡丹，我俩就唠了一会儿关于牡丹花的事。天色可能很晚了，三星已经升有一竿子多高，总也不消闲的小狗也少了叫声。这时，我和二芹刚要回家，就看见大黑子和马玉兰在另一个草垛上坐着呢。二芹有些懵懂，嘟嘟囔囔地说："他俩真是没劲，都大人了，不好好回家睡觉，在这儿玩个啥意思呢？"

古　墓

在离我们村十公里的马三沟子，发现了一座古墓，我很想去看看。

住在五里堡的田二姑来看我奶奶，她和我说，去不得，万万去不得哩！

据田二姑说，那墓是被一个放羊的小孩儿发现的。先是发现了土地里埋着一些方砖，后来越挖越多，直至看见一块块很大很大的青石板，从石板缝里往外呼啦啦地冒凉气。那小孩儿把这奇怪的现象告诉了村干部，村干部传给了乡干部，乡干部又报给了县干部，最后连省里都来了人。

越传越神。有的说这墓里埋着故事里的金兀术，有的说这墓里埋着辽代的一个什么宰相，还有的说这墓里埋着武将牛皋爷俩……挖墓那天，好多好多的老百姓都来看热闹，围得里三层外三层。天空本来晴朗朗的，却不知从哪里来了一片黑云，“咔嚓！”一个响雷，怎么着？把那个发现墓的小孩儿给击死了，那小孩儿的后背上还出现了一行乱七八糟的“勾勾文”，可是那字谁也不认得。

田二姑说得有声有色，我奶奶一面可怜那小孩儿，一面又说那是“报应”，我不相信什么报应不报应，越不信，就越想去看看。第二天一大早，我就溜出了院子，正想去跟大顺子借自行车，晦气的是一摊鸟屎落在了我的头顶。在我回屋洗头的时候，奶奶死活也不让我去，说是鸟屎掉在人脑瓜子上是不吉利的。

这天中午，三河村一个来卖稻草的人说，那古墓已经被挖开了，光石门就有三道。第一道石门，是八个小伙子用大铁锤砸开的；第二道石门，是用了四吨炸药炸开的；这第三道石门，看不出门缝，瞅不着门轴，像一面大石头墙，挖墓人刚一碰，怎么着？从门的两边射出无数只乱箭，当场就射住了好几个人。

奶奶和我说：“多亏你没去。”

我心里想：真神秘，还是去看看好。

熬过了一个夜晚，天刚亮，我就蹑手蹑脚地打开了院门。不料，奶奶像灵巧的侦察兵，一把拽住我：“不能去，不能去呢！”奶奶还说，昨天夜里天上所有的星星都是清亮亮的，就是天狼星不见了。不见了天狼星，出门是要出事的。

天傍黑，大顺子和狗剩子来到我家，乐呵呵地告诉我，他俩去了马三沟子，看见了考古叔叔怎样挖墓，看见了墓里的雕花石棺、长颈注壶、各种兵器……还跟那个发现古墓的放羊哥哥说了不少话，他答应过些日子到我们村子来玩。

我很难过，难过没能亲自去看看，失去了这千载难逢的开阔眼界的好机会。

艾虎、野兔子交好运

一只艾虎，跑到我们村子里来了。

它是耐不得林子里的寂寞，和小猫小狗交朋友来了？还是想干什么坏事，先窥探一下村子里的动静？或许是受到了什么惊扰，迷了路？

这只艾虎可真够大胆啊。

几乎没费多大气力，我就逮住了这只艾虎。

我把这只艾虎吊在树丫上，我要剥了它的皮，留着冬天垫鞋用。

这时候爷爷走过来了，他打量了一会儿，问了问这只艾虎是从哪里来的，是怎么被逮住的，就笑眯眯地说："把这艾虎放了吧。"

我怎能不听爷爷的话呢，就瞅着爷爷的眼睛，把这只艾虎放了。

由此，我想起了另外一件事。

那是一个大雪天，我和爷爷赶着马爬犁，到河滩的树林子里去打猎。

我们希望能够打到一只狐狸，或者一只野兔，哪怕打到几只“沙半斤”，也不算白来了一趟。

结果，我们什么也没有打到。

我和爷爷赶着马爬犁，慢慢腾腾地往回走。

有一群雪雀子，在我们头上的天空叽叽喳喳地叫着，好像在炫耀着什么。爷爷瞅也没瞅就举起枪，枪响过后，当然连根毛儿也没有打下来。雪雀子就叫得更欢了，大有嘲笑我们的意味。

说来也怪，这时候，我看见有一只野兔子就跟在马爬犁的后面。没错，就是那种灰黑黄毛都

混杂在一起的野兔子，也不知道为什么，这只野兔子跟着我们跑出了林子。马爬犁跑得快，这只野兔子也就跑得快，马爬犁跑得慢，这只野兔子也就跑得慢。我感到好奇怪，莫非这只野兔子看我们的马爬犁好玩？莫非是它受了什么惊吓，还想寻求什么庇护？这当儿，只要爷爷操起猎枪，会毫不费力地打到这只猎物，我们当然也就算不虚此行啦。

可是，爷爷却迟迟没有拿枪，只是神情温和地瞅着那只野兔子。

快到村子的时候，爷爷“吁”地一声，吆马儿停下。他狠狠地甩了几下鞭子，鞭声卷着雪沫，在空中传得很响，那只野兔子才不怎么情愿地跑回去了。

我故意撅着嘴问爷爷，这叫什么打猎呀，到手的猎物给放跑了。

爷爷“哈哈”大笑，胡子一抖一抖的，“傻小子，爷爷就是领你出来玩玩……”

看着爷爷十分慈祥的样子，我想，今天这只艾虎和以前的那只野兔，遇上了我爷爷这样的好人，算是交上了好运。

骑马战斗

我们的游戏叫“骑马战斗”。

方法：甲队一个人骑在甲队一个同伙的肩上，乙队一个人也骑在乙队一个同伙的肩上。身下的为“马”，身上的为“将”。然后，双方二“将”在“马”的配合下，用力地向对方冲撞，冲撞数次后，被冲撞掉在地上的或被压在身下的一方算败，对方为胜。

时间：往往在晚饭后影影绰绰的黄昏。

地点：自然选在闲置的打麦场上。

这次，我的“马”是猴子，别看这猴子个儿不大，可是他却特别地机灵。我们的对手可不是个好对付的家伙，他叫“一个半”。“一个半”有劲儿，一抬手能搬起石头磙子，一跺脚能踩断平地上的红砖。“一个半”劲儿大，牛也吹得响，他说能把我们所有的人摔成稀泥。你说，我能就服服帖帖地败在他的手下吗？！

战斗开始了，围观的伙伴为我加油，也为我

捏了一把汗。“一个半”的“马”是犟虎子，他骑在犟虎子的肩上，好威武好威武呀！他拍了一下犟虎子，就直向我和猴子冲来。“一个半”好像猛虎下山又像恶狼捕食般向我扑来。我用足了劲儿，也准备向他冲去。正当“一个半”扑来的当儿，猴子往下一蹲，我的头正好撞在“一个半”的肚子上。这下子可好，“一个半”往后一仰，就被我压在了身下。可我还不算赢，因为我俩还都在“马”上，还没有摔下来，但显然这个力大无比的“一个半”是要输了。

“一个半，要完蛋！一个半，要完蛋！”伙伴们高兴地狂叫着。

是的，“一个半”是要完蛋了，我把他死死地压在身下，犟虎子也有些招架不住，“一个半”的身子眼看要挨地了。看他还吹牛不吹牛！

就在这千钧一发之际，我发现地上有一块尖尖的石头，只要“一个半”的脑袋一贴地，肯定要摔在石头上，“一个半”可要头破血流了。我呢，还没等想明白什么，就赶紧把手垫在了“一个半”的脑袋下边。我真是个大大的英雄，我舍出自己的手了！

结果，我的手先贴地，被石头磕得鲜血直流，钻心般地疼痛。

本想，“一个半”会感激我的，因为我替他搪了灾。可是，“一个半”却硬说是我败了，他的理由是虽然他在我的身下，我的手却先贴地了。你说这小子多么不讲究。

我真后悔，不如让这小子的脑袋碰在石头上，让这个无赖汉也淌点儿血。

我也知道，我这想法可能有点儿不对头。

耍猴·猴耍

村子里来了个耍猴的，“嘡、嘡、嘡”一阵锣声，招来了里三层外三层的大人、孩子。

三通锣鼓过后，耍猴算正式开始。

先是由小猴子模仿人的动作。在一阵紧锣密鼓声中，小猴子自个儿戴上了武士帽，穿上了武士服，抻了抻武士腰，迈开了武士步，懒洋洋地比画了一段散打。大伙看得不过瘾，耍猴的也看不过，他便拿出来半个香蕉贿赂了猴子，小猴子来了精神，一个灵敏的“鹞子翻身”，落在了一根早已立起的木杆上。小猴子眨巴眨巴小眼睛，就再也不下来，耍猴的又给了它半个香蕉，小猴子才顺着木杆“哧溜”一声落到了地上。落到了地上，小猴子就一屁股坐在了木箱子上，还是眨巴眨巴它那两只狡黠的小眼睛，它在等待着什么，这谁都看得清清楚楚。

这时候，人群里发出“嗡嗡”的笑声、议论声。

耍猴的有点尴尬，他终于火了，从箱子里拿出一根皮鞭子，“咔咔”地甩了两个响儿，就朝着小猴子奔来。小猴子一看大势不好，就又翻跟头又出拳，用红缨枪杀出了一条线，把大砍刀抡成了一大片……

观众都乐了，耍猴的就更乐了，他让小猴子端着一个白铁盘子开始收钱。

趁着高兴，耍猴的让小猴子在一旁休息，他开始模仿起小猴子的动作。他在没有锣鼓伴奏的条件下，戴上了假头套，挂上了假猴脸儿，穿上了假猴服。他迈着猴步，口中发出一种很怪的声音，他翻了几个猴跟头，打了一套猴拳。看热闹的人们有了一些掌声，小猴子却不满意，它做了一个动作，示意耍猴的爬到木杆子上去。他按照小猴子的意思，力求和小猴子的动作一样，艰难然而不失真实地爬到了木杆子的顶端，还来了一个“倒挂金钩”的姿势。小猴子虽然在一旁得意洋洋，看来还是不太满意，它又做了一个很滑稽的暗示，给耍猴的做起了示范。耍猴的心甘情愿地跟在小猴子的后边亦步亦趋。小猴子跑得快，耍猴的跑得也快；小猴子跑得慢，耍猴的跑得也慢；小猴子蹦个高儿，耍猴的也蹦个高儿；小猴子打个滚儿，耍猴的也打个滚儿……小猴子在前边嬉皮笑脸，耍猴的在后面满头大汗……

在人们的各种笑声中，耍猴的等不得喘息，又端起了白铁盘子，开始了新一轮收钱。

散场了。

有的孩子说，是看了一场耍猴；有的孩子说，是看了一场猴耍。

正月十五月儿圆

正月十五的晚上，月儿最圆、最亮。

大人们一改以往的态度，在这个晚上不让我们在屋里闲待着，把我们撵到屋外去，撵到井台边上去。

井台总是高出地面的，早已结了一层又一层厚厚的冰，呈浅浅的鱼鳞状，从井台上一直泼到井台下，像一座晶晶莹莹的冰山。这时候，经月亮一照，泛着银色的光辉，天上、地上都成了水晶，没有一点儿杂色。

我们用凿子、钎子等硬器，砸下一块一块的冰。

于是，小孩子学起大孩子，大孩子学起已成人的哥哥、姐姐们。

用冰擦一擦眼睛，一年里不得眼病；

用冰擦一擦鼻子，一年里不流鼻涕；

用冰擦一擦嘴角，一年里不烂嘴丫子；

用冰擦一擦耳朵，一年里不闹耳底；

我们每人又吃了一块冰，一年里就不会肚子疼；

我们又一连在冰上打了三个滚儿，一年里就不会腰疼、腿疼。

这样，一年里我们就不会得病了。

我们离开了井台，按着大人的吩咐，开始串百家门儿。

走了东家拜西家，过了李家去张家。遇上三叔二大伯，尽用从老辈儿传下来的礼节，遇上七大姑八大姨，尽挑好听的话说。不分老少，平日里爱吵吵嚷嚷的，说话也和气了；平日里好打架闹事的，也变得像小山羊一样温和了。就连我们每一个人走起路来，都轻飘飘的，像棉花桃儿落在地上。这样，一年里我们就会和所有人相处得和和美美了。

串完百家门儿，天已经很晚很晚。我们走在村子里的土道上，看着天上又圆又亮的月儿，不知怎么，谁也不愿意回家去睡觉。月光这么亮，睡也睡不着啊！

到野外去游玩

山上山下，美丽的野玫瑰开放了，鲜红的、乳白的、胭脂的，多诱人啊！山包像个大花篮，在瓦蓝的天空下，显得那么富有生机。

一只彩蝶叮在一朵白花上，小二伸手去捉，彩蝶飞了，却见一只讨厌的黑虫子伏在花蕊上。

以前小二并不怕虫，今天他却伤心地哭了。

（他为什么要哭呢？）

我们登上了山顶。小二说：“哥哥，你说大树高，还是茅草高？”

“当然是大树高。”

“不对！”小二肯定地说，“是茅草高。你看，茅草长在山顶上，离天那么近；大树长在沟沟里，离天那么远。”

“那若从根上量呢？”

“反正现在大树在我们脚下，茅草高过了我们的头。”

（我该怎么和他继续争辩？）

我们不甘心就这样回去，希望能有点意外的收获。果然，在一簇草丛里，小二发现了一窝小鹌鹑，毛茸茸、鬼灵灵的，直朝我们眨着惊奇的眼睛呢。

这下可把我乐坏了，小二更是喜欢得了不得。他把小鹌鹑小心翼翼地装进帽兜，得意地说："拿到村里，会馋死小锁他们的。"

天不早了，我催小二快回家，说不定妈妈正倚着门框盼我们呢！

这时，一只大鹌鹑在树丛间蹦来蹦去，嘴里发出凄凉的叫声。

小二迟疑了一会儿，他用征询的目光瞅着我：那意思是要把小鹌鹑放回到窝里。

（小二，这还用问我吗？）

故事引出的故事

第一个故事

爹讲过，过去穷人家买不起灯油，那时候更没有电灯，穷孩子冬天就贴在雪地上，借雪光读书。后来这些人有的当了大官，有的当了秀才、举人，为老百姓做好事。

夜晚，雪停了，看那满地白色，我也就夹着书本走向了屋外，贴着雪地读起书来。

雪光很暗，根本看不清字。不一会儿，就把我的手、脸、鼻子冻得生疼。

回到屋子，我觉得屋里比以往暖和，灯光也比以往明亮，没用多大工夫，我就写出了一篇散文，叫《雪光与灯光》。

第二个故事

冬天夜长，妈妈给我讲了一个故事。说古时

候有一个小孩儿的妈妈病了，想吃鲜鱼。家里买不起鱼，他就趴在冰上，用体温把冰融化了，这时候就从冰窟窿里跳出一条大鱼来。他妈妈吃了鱼，不久病就好了。

有一天，我妈妈也病了，我想妈妈也一定想吃鱼。我就想起了妈妈讲的故事，于是我就跑到村外的小河上，也趴在了冰上。

不一会儿，从东边过来了一个卖鱼的老头儿，老头儿问我干啥呢，我就给他讲了妈妈给我讲的故事。

老头儿赶紧把我拉起来，说我是个好孩子、

傻孩子。他硬塞给我一条又肥又大的金翅鲤鱼。

妈妈问我鱼是从哪儿来的？我就如实地说了，妈妈批评我不该白要人家的鱼，同时也说我是个好孩子、傻孩子。

第三个故事

爹讲过，妈也讲过，齐天大圣孙悟空好勇敢哟！他火眼金睛，能认出变成美女的妖怪，他手执金箍棒，为保护唐僧西天取经，打死了好多好多妖怪。

那天，我从障子上拔下一根秫秸，成了我的如意金箍棒。看东院的丫丫不像妖怪，看西院的兰兰不像妖怪，看南院的领小子可像个妖怪，她右手长了六个指头，不是妖怪是什么？

“妖怪哪里去！”我用我的金箍棒向领小子打去。可是，她只是“嗷嗷”乱叫，没有现出原形。

爹打了我一巴掌，妈也打了我一巴掌。

“……他们不是让我学孙悟空吗？”

那片可怕的坟茔

在我们上学的必经之路，那片坟茔比以往任何时候都显得更加可怕。

小英子因为回来晚了，一个人路过坟茔，远远地看见一条灰灰的动物，竖着高粱茬子般的耳朵，伸着一尺来长的大舌头，一双绿眼睛在向她窥探。这不是狼吗？……小英子吓得不知怎样才跑回了家里。

坟茔里有了狼，我们这些刚上小学的小嘎豆子有点儿打憷。

我们虽然谁也没有见过真正的狼，可在妈妈哼哼唧唧的《摇篮曲》里，在老奶奶关着灯讲的"瞎话"里，在我们对于野兽的印象里，狼就是个非常可怕的东西了。

"狼来了，狼来了，
叼着小羊的狼来了；
狼来了，狼来了，

专咬小孩的狼来了……”

一听这话，谁都会吓得不敢做声，蒙在被窝里打哆嗦。

现在，我们毕竟有点儿长大了。

小锁说：“听说，狼是麻秆腿、豆腐腰、铜头、铁屁股，我们每人准备个木棒子，专打狼的腰和腿，保准能打住。”

二愣子说：“听说，狼也是胆小鬼，最怕敲铁声，我们拿几块碎铧铁，一边走一边敲，也会把狼吓跑的。”

大牤子说：“我们可以把全村的大狗、小狗都组织起来，成立个猛狗队，也会把这只狼击败。”

有了好主意，我们就这样准备上了。

早晨，地上有层小清雪。我们几个爹着胆子，表面雄赳赳，心里怦怦跳地向坟茔走去。果然，远远地看见了那个家伙趴在一座旧坟边上，正向我们这边瞅呢。我害怕了，脚有些不听使唤，小锁和二愣子也已经大气不敢出了。我们每个人的心里都在默默盘算着，如何趁着没到狼的近前悄悄地溜回去。

这时，大人们都赶来了。他们有的拿着木棒，有的拿着二齿钩，二愣子他爹还拎了一杆老洋炮。

这回我们的胆气可壮了，跟着大人直奔坟茔跑去。说来也怪，那家伙没有凶恶地扑向我们，也没有被吓跑，大人们一齐举起了各种家伙，在半空中却又停住了。

这哪是什么狼啊！

分明是一条不知什么原因离家出走，已经快要饿昏了的老狗。

野猫

真好，在我感到没趣的时候，一只野猫跑了进来，它闯入我的怀里，企图让我护着它。

我想让它陪我玩玩，它顺从了。它闭上眼睛，很安详的样子。它会用爪子给自己洗脸，小尾巴还一晃一晃的。不久，我玩腻了，要耍戏耍戏它。我把它立起来，让它给我敬礼，它却不干；我把它的头压下去，让它给我磕头，它更不干，还用爪子挠了我一下。

我要对它惩治。找来了妈妈纳鞋底儿用的麻绳，把它牢牢拴在了炕柜腿上。

它不但没服，当初的那点温顺劲儿也没有了。它的双眼射出两道凶狠的光，死死地盯着我，像有无边的仇恨等待发泄；我不理，它又翻身又打滚儿，用牙咬绳子，用爪子挠炕席，企图逃脱绳索的管制；我还是不理它，它就“嗷嗷”地叫，难听死了，把我搞得心烦意乱的。

可它哪里知道，我的办法多着呢。我不给它

吃饭，没过几天，它就没劲儿乱蹦乱叫了。

看样子，它已经饿昏了。我把一小碗饭端到它的面前，它轻轻地撩了一下眼皮，那神态很奇怪，它把饭吃了。

它又有了精神，但它已经被我制服。

我教它握手，它能顺从地抖动几下了；我教它敬礼，它能乖乖地向我点头了；我教它跳舞，它能跳得很有节奏了。它真聪明，居然还学会了“狮子滚绣球”和“金鸡独立”。不仅如此，它还时常主动向我讨好，还给我舔过脚后跟呢。

我很得意。可以在小锁、二愣子他们面前显示一下我的本事了。

那天，伙伴们都被我邀到了家里。我为它解除了绳索，它果然很老实，吃饱了我喂的饭，向我敬礼，给我磕头，还给我跳了一阵舞。那样子，比奴仆对主人还要谦卑，小锁、二愣子他们惊叹得连连咋舌。

可是，趁我不注意，它却一个箭步蹿到窗外的土墙上，蹲伏着，瞅了我一会儿，点点头，又一蹿，就无影无踪了。

从此，我便失去了这只野猫。

一只老鼠和一只猫的故事

那只老鼠是自己不小心掉在我家空油缸里的。嘿嘿，如果没人助它一臂之力，它就永远也别想上来。

头几天我没在意，后来它在缸里饿得吱吱叫，我就投给它一些食品，并放进去一碗水。这老鼠有吃有喝了，也就安稳了不少。

这只老鼠完全可以放心地在缸里吃喝玩乐，我家的猫是不会进缸里侵害它的。这猫是我家的一只老猫生的，从小娇生惯养，老猫死后，这猫就独自防鼠护家。可能是因为对老猫的情分，我对这小猫就倍加爱护，伙食标准也就不断提高。这小猫也真不够意思，变得越来越懒惰，越来越馋，经常躺在炕头，呼呼噜噜睡大觉。看来，老鼠送到了眼前，它也不会去捕的。尽管这样，我

还是在缸盖上加了一张妈妈蒸馒头用的铁帘子。

不知是出于一种什么心理，自从有了这只老鼠，我不断把好吃的东西投进空油缸。

懒猫，你就干瞅着吧！谁让你发懒，谁让你发馋。别怪哥们儿不讲义气！

那天，猫自个儿到外边寻食去了。

我一时心血来潮，就把老鼠放了出来。这老鼠吃得又肥又胖，长得也和别的老鼠有了区别，活像一只没长大的小灰兔。奇怪的是这只老鼠居然没有跑掉，而是顺着炕墙转了一圈儿又一圈儿，竟然在屋地上撒起欢儿来。

猫在外边寻食不成，又来扒家里的锅台，我有所暗示地使劲瞪了它一眼。

老鼠和猫的目光相遇了。

令人不解的是老鼠并没在乎这猫，在地当间蹲着，好像成了这家中的一个主人。

猫呢，也不知是怕我，还是怕这老鼠，竟然畏畏缩缩，甚至有点贼眉鼠眼。

直到我看得有点发累，想到外边去玩一会儿，也好清清有点儿被搞乱了的脑筋，这猫才开始认真地打量起老鼠，并且试图向它逼近。

最后的弹弓

我们村忽然来了一群大哥哥、大姐姐，他们是坐着大汽车来的。大人们敲锣打鼓地欢迎，我们更是兴高采烈，整个村子热闹得跟过年一样。运气好的孩子还会得到几块糖。其实，那些五颜六色的糖纸比糖块还招人稀罕，再甜的糖吃了也就没了，可是那些好看的糖纸却能永远地被珍藏起来。

其中的一个大姐姐，第二天就成了我们的刘老师。刘老师长得好看，穿得也好看。起初，我们都怕她。

大柱子、二桩子、小梁子，还有我，是班里的“四大天王”，我们经常会把她气得眼泪汪汪。我们每个人都有一把漂亮的弹弓，这是我们的宝贝，我们时不时地就拿出来自我欣赏或当众炫耀一番。当然啦，我们还是班里的四大弹弓射击手，都能做到瞄哪打哪。

忽然有一天，班里窗户上的一块玻璃碎了。

刘老师站在讲台上特别严肃："谁弄碎的？谁弄碎玻璃了，谁就赶快站起来！"

下面静静的一片。我们很紧张，因为同学们都鬼鬼地看着我们，就好像一定是我们中的一个用弹弓打碎的。

一节课的时间过去了。刘老师气得脸色有点儿不好看。她强行没收了我们四个的弹弓。那四把漂亮的弹弓在她的手里来回捏着，掂着，猛然间被她扔进了炉子里。二桩子再也忍不住，抽泣出很大的声来。

一晃儿，我们就要成为高年级的学生了，刘老师也要回城里了。那天讲完最后一节课，刘老师从一个布袋里拿出四把弹弓。后来才知道，这是她一夜没睡亲手做成的，比我们做的要精细漂亮许多。她走到我们的座位前，说："给，做个纪念吧，那次委屈了你们，玻璃是外班一个同学不小心打碎的。"这次我们和二桩子一样，谁也没忍住，眼泪一下子就流出来了。

我们分别把弹弓珍藏起来。看来，这肯定是我们最后的弹弓了。

一只青蛙的叫声

今天是星期一。

我很早就背着书包上学了。我的书包里装着一只身子肥肥的、眼睛圆圆的大青蛙。这是昨天挖野菜得来的意外收获。

我是一个好孩子，在校爱学习，在家爱劳动。老师和爹妈都喜欢我。

我是大班长，我带着班级的钥匙，因此每天都要第一个走进教室。说不清今天为什么要来得更早，也说不清为什么要搞一个谁也想不到的恶作剧。我鬼使神差地把这只青蛙偷偷地拴在我的后座张小妹的桌屉里。这个张小妹，不但长得漂亮，学习成绩也突出，还是班里的文艺委员。

没想到，那只青蛙一直没叫，张小妹也就一直没发现。第一节课快下课的时候，同学们都在做练习题，那只青蛙叫了，可谁也不知道那是一只青蛙的叫声。张小妹把手伸进桌屉里的时候，摸到了它，它就叫了。那是一团软软的、肉乎乎的东西，她惊叫起来，吓哭了。

老师真是厉害，她的判断很准确，她说这件事肯定是哪个男生干的。于是，课间时一个个男生被叫到办公室，一个回来了，另一个又去了。下一个课间，还在继续着。我比任何人都紧张，我一直在想，叫到我的时候，我干脆就老老实实地承认算了。

全班17个男生，16个都去过了办公室，仅剩一个人没叫，那就是我。因为我是全班公认的好学生。

这件事情没有结果，只好不了了之。可是每当老师像以前一样，微笑着看着我的时候，我的心里就无法平静，就会有一只青蛙的叫声，在我的耳畔久久回绕……

当然，类似这样的恶作剧，在我们班再也没有发生。

回　声

在平原上长大的武子，已经十一岁了。十一岁的武子，很顽皮，大人都说他还没定性。

这天，武子坐了大半天汽车，第一次来到姥姥家。

从姥姥家向远方看去，是连绵起伏的群山，这使武子感到非常新鲜，他兴奋得脸都憋红了。

“大山，你好！”武子情不自禁地喊了起来。

“你好！你好！你好、好、好……”武子知道，是大山反反复复地回应着他的问候。

武子愈加高兴，他向大山发起了誓言：

“武子要做好孩子！”

“好孩子！好、孩、子……”大山重复着，武子高兴得无以控制。他突然想起了一件事，那是他心里的一个结，好像必须得宣泄出来：

“二林是坏蛋！是大王八、小狗子！”

“大王八、小……”

这次还没等听全回声，武子便听到了另一种

声音：

“你是坏蛋！你骂人！你骂人！”加上大山的回声“你是坏蛋！你骂人！你骂人……”这铺天盖地的声音，足以使武子有个地缝都想钻进去。

一群和武子同样大小的孩子，不知从哪里拥来，他们都怪模怪样地围着武子。

武子很不好意思，便对着大山高喊：

“武子要做好孩子！”

大山重复着：“好孩子！好、孩、子……”

看来，孩子们原谅了武子。

孩子们也都跟着武子喊了起来，连同大山的回声，久久不能散去……

分 鱼

马奶子河到这里分开了两个岔。

三个孩子忙得像泥猴子，用石头、青蒿等把一条窄一点儿的河岔给拦上了。本来流水就很细微，一下子就差不多断流了。“沙葫芦”、“花狸”、“扁担钩”等，好多好多的小鱼，都被困在了汪有积水的石头底下。

三个孩子可真高兴。他们回家取来了笊篱和洗脸盆，齐心合力，掀开石头，用笊篱把小鱼一个一个地舀进洗脸盆里。转眼，就有多半盆了。

“咱们分鱼吧！”穿背心的小男孩对两个光膀子的小男孩说。

“分！”

“扒堆、抓大头！”

穿背心的小男孩把鱼倒在沙滩上，扒出三个堆。第一堆最大，第二堆和第三堆一个比一个小一点儿。

穿背心的小男孩转过身去做“大头”。他折

了三根蒿茎，长、中、短各一根，藏在攥起的空拳里，三个齐头短短地露在外面。这样，谁抽到长棍儿谁就先挑鱼，抽到短棍儿的就是“大头”，自然也就只有拣人家挑剩下的了。他让两个光膀子的先抽，这是规矩。

两个光膀子的男孩，很中意地先抽到了长棍儿和中棍儿，各自挑了一堆。一个孩子选了大堆，另一个孩子却选了小堆。他俩开始喜滋滋地用柳条子穿鱼串。

穿背心的男孩，看见挑小堆的那个男孩手里拎着的大鱼串，就“哇”的一声，哭了。

原来，穿背心的男孩制造了一个小把戏。分堆的时候，他故意将小堆的底下掏了一个坑，他相信别人不会知道，这个小堆却是个实实在在的大堆。没想到这个小堆成了别人的了。他无法猜测，是那个光膀子的男孩子故意选了小堆，还是发现了他的鬼花招，挑走了本会属于他的大堆。他哭了，可能不仅仅因为吃了一个哑巴亏，肯定还有点别的什么……咳！真是“聪明反被聪明误”。

分开的小河岔，顺着河道流回了马奶子河。那哗哗的流水声，讲述着亘古不变的故事。

“小雀雀”

我有一篇作文，写的是一只小花猫扑蝴蝶的故事。我写了小花猫扑蝴蝶时的眼神儿、胡子和它的动作。我也写了蝴蝶惊慌失措的样子。

大家都说我这篇作文写得逼真、写得生动。

我好得意呢。

其实，我还可以写一篇小花猫扑“小雀雀”的故事，那才是我这篇作文的“原型”。

“小雀雀”？就是我们男孩子身上所特有的那个小东西（不要说这小东西写不进文章）。

那天晌午，日头爷从花格子窗中间的大玻璃照进来，屋里暖洋洋的。家里没有人，我把汗渍渍的背心洗了，索性把裤头也洗了。我看见太阳在炕上照出好看的花纹，小花猫睡得又香又甜。反正没人看，我也就光着腚子平躺在炕上晒太阳，好舒服啊！听说日光浴对人的身体健康最有好处。

不一会儿，小花猫醒了。

它看见我一丝不挂地躺在炕上，好像觉得很

怪，竟然好奇地打量起来。这小花猫对我是太熟悉了，就是中间这个“小雀雀”它可能还没有看见过。它竟然少见多怪地逗起这个“小雀雀”来，就像逗一只蝴蝶那样。它一会儿扎撒着胡子，伸着两条腿向我扑来，一会儿收拢起胡子，以同样的姿势向后退去，还不断地晃着长尾巴，嘴里发出“噗噗”的声音。若不是我赶快穿上还没晾干的裤头，它还要逗个没完呢。

我忽然有了一点联想，这小花猫怎么不逗我这两扇大耳朵呢？当然，我这粗俗的想法，可能没多大意思，是不该写进正儿八经的作文的。

更气人的是发生在后来的事情。

第二天，我一到学校，就有不少同学嘲笑我，送我个外号“小雀雀”。男生在叫，有的女生也跟着起哄。开始我还不知道是咋回事，后来才想可能是小花猫逗“小雀雀”的时候，被哪个小兔子看见，给张扬出去了。

这个外号，一直被叫了一个学期。

现在，虽然没有几个人再叫了，我还是要把这件事如实地写出来。可能叙述得不太具体，可谁要说我写这东西下流，那就不对了。

旱　龟

都说“千年的王八万年的龟”，这话是真是假，真是没法证明。

大伯家要盖新房了。

不知他从哪里弄来一只小旱龟，用一块新鲜的红绸子包裹着，说是要等上房梁那天埋在顶梁柱下边。这样，这房子就会像旱龟的生命一样，长长久久地存在了。

大伯还笑呵呵地告诉我，过了几辈子，就是扒倒了房子，这旱龟也不会死的。

大伯说完之后，我的心里一直憋得慌。我想，旱龟没年没月地在柱子下压着，承受着几千斤、上万斤的重量，不吃也不喝，没太阳也没月亮，没有花没有草，它该多么痛苦啊！

我一连做了好几宿噩梦。

上房梁那天，有吹喇叭的，有送贺礼的，有打喜歌的，可热闹了。大伯极有兴致地把锁在箱子里的旱龟拿出来，先自我显示地给大伙看一番，等鞭炮一响，就要把旱龟埋在柱子下面。

英雄行为可能发生在一刹那。

我趁着大伯不注意，一把抓过小旱龟（多么可怜的小旱龟啊），嘴里“啊！啊！”地胡乱喊着什么，撒开脚丫子，没命地向村外跑去。

人们都蒙了。开始，还都不知道我为什么往村外跑，等他们反应过来，我早就拐了几个弯，把旱龟扔进了草棵子，想找也是找不到了。

我是豁出去挨大伯的揍了。

我挺着脖子，圆睁着眼，离大伯远远地站着。

大伯一直没说话，怔怔地立在一个地方，沉默得像一棵被风吹光了叶子的干巴老树。

房梁还是要上的。鞭炮响了一阵，一个皱巴巴的老爷子高声喊着：

“良辰吉日来上梁，
哎，哎，柱是好柱，
哎，哎，梁是好梁，
乌龟托起万年殿，
祖祖辈辈福寿康、福寿康……”

我看清楚了，这里说的乌龟，是用一块不大不小的石头代替的。我感到挺好笑。

房梁上完，大伯没等喘气，就黑着脸向我逼来。

他要干什么？！

此时，我正想草棵里的那只旱龟，既庆幸它已脱离了一次劫难，又挂念着它新的命运。

在小山那边

小山的那边，一定是个奇妙的世界。

多少次了，我坐在门前的石台上，向那里久久地遥望。

太阳在那里安眠，晚霞在那里燃烧，花草也旺盛吧？因为浓浓的香味总是从那里飘来。听说站在小山顶上，伸手能抓住柔软的云团哩。

起了个大早，还是足足走了大半天，我终于来到了那个日思夜想的地方。

田垄、小河、尖顶房；婆婆丁、野豌豆、白蒿子；家雀、野鸭、山跳跳……一切都没有什么两样。

傍晚，太阳没在这里落下，而是落在这里的西山后边了。

穿红兜兜的伙伴告诉我，他们很向往我们这一边。说我们这边有早早升起的太阳，还有雨后的彩虹，那是最美的。我也告诉了他们，那些离我们还很远，远得简直不可想象。我的这些话，他们不信。

我不再羡慕小山的那边。

一天，忽然传来了一阵莫名其妙的笛声，断断续续、缥缥缈缈的。是的，是小山那边，大人说是通火车啦。那里开了煤矿，火车能把煤炭运往全国各个地方呢！

我重新感觉到了那里的神秘，约上几个常在一起玩的小伙伴，决定再到那边看看。

火车道真长啊，怎么看也看不到边。等了好久好久，火车开过来了。

火车头像个黑色的大怪物，拖了一串小房子，“呼”地从我们身边开过去了。比村里的黄骠马要快上十倍。

回来以后，每当听到那清亮亮的汽笛声，我都要给黑子、小锁、二胖子他们讲：“在小山那边……”

夕阳落山的时候

夕阳落山的时候，爷爷的最后一口气终于没有上来。

昨天的暮云，还是诱人的奔马、玉兔，今天却扯起了素洁的挽幛。

爷爷躺在临时搭起的板床上。堂哥还像以前一样认真地给他剃了头，大伯伯、爹和两位叔叔，在屋外小声商讨着盛殓的事儿。看来，他们很慎重，唯恐被外人说出什么不尽孝道的闲话来。

随后，早已等在这里的满屋人，都给爷爷跪下了，磕了头，烧了纸。年幼的侄儿、外甥们不知发生了什么事情，在大人们的指挥下，也照样做了。

哭声四起。一个以前和我家不怎么走动的表姨，大嚎一声就背过了气，几位亲戚叫她、给她搓胸。

不断有远亲近邻换了干净衣服赶来。虽然没人打拍子，女人们却哭成了一个韵调，像在唱一支约定俗成的老歌。伯母、妈、婶子和几位早年过门儿的嫂嫂哭得很凶，她们一齐哭诵着爷爷的好处，偶尔夹杂着她们个人与我们这个家族的经历与恩怨。

许是哭累了，人们唠起了家常。有的夸赞儿子，有的称道媳妇；有一位远房姑姑，直央大家给她儿子介绍个对象。

又有人前来吊唁，这些人就又陪着哭唱一番。

妈妈捅捅我，我却直愣愣地，哭不出来。

夜深了，人们各寻地方去睡了。这里，只剩下几位守夜人和躺在板床上的爷爷。唉！爷爷竟这样地去了，我再也得不到他的抚爱，他再也不能教我识别谷子和稗草，我们再也不能一起帮燕子垒窝了……“爷爷啊！爷爷啊！”我的泪水止不住地流下来……

这时，身后响起了一阵震天撼地的哭声。回头一看，有大伯伯、爹、叔叔和几位叔兄姐妹，他们也全哭成了泪人。

小白猪和麻鸭子呢

小白猪到草甸子上吃草去了，麻鸭子到河边寻食去了，谁能和我玩玩呢？

小花猫眯着眼睛躺在炕头，尾巴尖指向了西南。太奶奶一边摇着那架她永远也不想放弃的旧纺车，一边自信地说，小花猫的尾巴指向哪边，哪边就有客人要来。

真的吗？我的眼睛一直望着西南，缠着太奶奶快给我讲，讲西南边都有我家的什么亲戚，说不定还会有人送我刻着小猴子的饼干呢。

西南边的毛毛道上出现了两个人影，而且越来越大。我高兴啊，小猫的尾巴真灵。

门，“吱扭”一声响了，我的眼睛一亮，不料却是两个陌生人。

“老人家，送碗凉水喝吧，我们是过路的。”

“你们满身是汗，喝凉水哪行。”太奶奶说

着，就忙三火四地去烧水沏糊米。陌生人也不客气，坐等着，问这问那，亲热着呢。可是，他们的帆布兜里能不能装着饼干呢？馋得我直咽唾沫。

唠完了，喝完了，他们起身要走了，我却失望了。

门，又“吱扭”一声响了，原来姐姐赶着小白猪和麻鸭子回来了。陌生人真的走了，小花猫的尾巴仍然指向西南。

这天夜里，我家丢了东西，小白猪和麻鸭子被盗走了。太奶奶直打唉声，姐姐和我也气得直哭。小花猫呢，小花猫到哪里去了？我要剁掉它的尾巴。

新式武器

孩子们的兴趣是难以改变的。

我们有个小小兵工厂，能用秫秸、树条子，还有青麻秆编成各种各样的新式武器，像大炮啦、驳壳枪啦、转盘枪啦……真是五花八门，应有尽有。

为这事儿，我们没少扒柴垛、拔障子，妈妈拧我的大腿也管不住。

在有月亮的晚上，我们拿着自制的武器打游击，有时还到黑坨子那边去呢。

“冲啊！杀啊！”

“别让坏蛋跑啦！抓活的呀！”

真有趣，再也没有比这更有意思的游戏啦。

一个黄昏，我们又挎上了新制的冲锋枪，要和三愣子他们比一比。

“喂，三愣子！看见没，你们有这样好的枪吗？哎，比一比。”

以前三愣子他们总是被比败，这次他却神气

起来："哼，哥们儿从城里调兵来了，喂，家伙呢，亮出来……"

这时，从人堆里钻出个胖乎乎的小子来，他不但长得帅，神态也挺冲："哎，看看吧，这枪，最新式的武器，怎么样？"他大模大样地一勾大栓，竟冒出一串红火来。

"这枪真好，真好，全是铁的，还能打子弹吧？"

"让我们看看行吗？就轻轻地摸一下。"我们从未看过这么好的枪，央求着。

"不行！既然喜欢，就让你爹你妈给买一个嘛！谁让你们买不起！活该！"

这小子真赖。

"要不，看一下，一块钱；摸一下，三块钱。"他说。

"去你的吧！"我不知哪来的劲，上去就是一拳，我的几个同伙也都攥紧拳头，拉开了架式。

我们跑了，跑到洋河边上的柳树毛子里。

不知咋啦，打那以后，我们的兵工厂就自动解散了，再也没人想制造什么新式武器。

看来，兴趣不是不可以改变。

下雪的日子

下雪的日子，特别是下大雪的日子，在我们北方，才是真正的冬天。很多启示，很多惊奇，很多喜悦，都是由下雪的日子所带来。早晨，当你推开房门，见天地间成了白色，心情便会为之一爽，有一股浊气，会长长地呼出来。随之，凉凉的清新之气，会顺着鼻孔，走进身体的每一个部位。大人们常说，感受一次雪，真像重新活了一回。

下雪的日子，往往要持续几天几夜。大雪会把草房捂上，会把房门堵上，会把通向井台的道路封上。无论你情愿还是不情愿，你都必须清扫出供人行走的道路来。这样，人人都行动起来，家与家，村与村，才能恢复正常的交往。哪里有懒汉，道路就在哪里停止。下大雪的日子，人们无法不勤快。

下雪的日子，天气并不冷。一切复杂的颜色，都没有了，世界由此变得单纯起来，洁净起来，人们的心灵也好像为之净化了。孩子们便走出家门，他们在洁白的雪地上打滚儿，把雪滚成团儿打雪仗玩。他们还个个成了雕塑家，堆成的雪人又逼真又生动。有时候，大人们也跟着嬉闹，他们也变得天真了。

下雪的日子，刚开始雪是松软的，只能蹚着走。过了几天，在雪地上行走时，就发出“嘎吱、嘎吱”的响声，无论你步行到哪里，一路上都是这种声音，并且会传得很远。下雪的日子，不论谁出门儿，全村人都知道。回过头去，见两行深深的雪窝，黑色的，特别明显。走过的路，总是留下记载，想抹也是抹不掉的。

下雪的日子，小鸟们无处去觅食，它们无法再像平时那样挑肥拣瘦，走东串西，它们只有蹲在一个小小的角落，一口一口地叨雪吃。人们看不下去，就扫出一块空地，撒上一些稗谷，小鸟们就有了食吃。似乎早已绝迹的野狼，在远处的林子里，也不时地发出嗥叫声。虽然老屋的土墙上还挂着一杆旧式猎枪，这时候也没有人去“趁雪打劫”。

下雪的日子，不一定家家的烟囱都会适时冒

烟，这时候准会有人去磕打着窗户问一问，迈进屋门看一看。或者干脆就捎去一两捆干柴，送去三四瓢稻米，来来回回地挑去五六桶井水。村里的医生，背着红十字药箱，正一户一户地探病送药。这些，并不是谁让谁做的，这都是人们的自觉行动。

下雪的日子，房间大一些的人家，可能会有锣鼓声、唢呐声、二胡声传出来，南北大炕，坐满了前仰后合的人，此时的二人转唱得正欢。或者有三五好友，坐在热炕头，端着大海碗，正一口一口地喝着“老白干”。这时候的他们，陶醉在无比的欢乐之中，外面是不是还在下雪，他们根本不去理会。

太阳的味道

大人说，食有五味；我感觉，不一定。

有一种味道，不在五味之列，却在五味之上。那是什么味道？让我告诉你，那是太阳的味道。

太阳的味道，用语言无法描绘。只有把生活中的苦、辣、酸、甜、咸各种味道细细地咀嚼过，才能够体味出太阳的味道是一种多么美好的味道，多么至关重要的味道。

春暖，太阳一改往日的冷漠，以越发强烈的光芒照射着大地。大人们下田干活，总是习惯地把一件棉袄放在地头，经过一整天的曝晒，晚上把棉袄披回家放在炕梢的时候，就有一种非常温暖非常好闻的味道弥漫开来，那便是太阳的味道。

夏夜，你可以微闭着双眼，躺在户外任何干净的地方。青草、苦艾、禾苗、树木、野花等等植物，放射出的味道混杂在一起，往你的鼻孔里尽情地乱钻，各种味道使你无法分辨。但是，你会明显地感觉到有一种融合在其中的特殊味道，使人激动并获得慰藉，那便是太阳的味道。

秋天，果儿鲜红，果儿成熟了；粮食灌浆，粮食也趋于成熟了。这时候，空气中的味道最醇厚，绿叶散发的苦味没有了，小河里流淌的腐烂气味也没有了。太阳的味道通过即将成熟的果实，传递给我们了。

在冬天，一排排塑料大棚里种上了新鲜的蔬菜，本来是件好事。人们却不满足，说是大棚里的蔬菜没有菜味儿，缺少一种什么必不可少的味道。老太太们吃起晒干的白菜、苋菜，往往觉得更可口，他们所说的“菜味”和“可口”，指的也是太阳的味道。

我们知道，人活在世，有的喜糖，有的喜醋；当然，也可不喜糖，不喜醋，而偏偏喜欢辣。这都无可厚非，都是正常现象。从来也没看见谁因为盐酱轻而得了软骨病，也没看见谁因为多吃了几块甜菜根而尿出糖来。

在我们农家，哪能天天都是大鱼大肉，甚至在个别季节连蔬菜也供应不上。在这样的季节，到野地里剜上一筐苣荬菜、婆婆丁、小根菜蘸大酱，也会使人吃得津津有味。人们说，野菜是苦的。但是，这些野菜的叶片里蓄足了太阳的味道，苦也不苦了。

农忙的时候，在菜园子里摘几根黄瓜，洗一洗，不炒也不炖，生吃下去照样下饭。新粮刚刚下来，就是不吃菜，白饭就上几根咸菜条，也能撑得大肚溜溜圆。真的，新粮新菜，里面充盈着太阳味，好吃。

是的，五味中含有太阳的味道，是因为太阳把精华献给了万物，是太阳的因子在万物中发生了特殊的效力。有了太阳的味道，才有了苦、辣、酸、甜、咸各种味道，才有了超乎五味之上的快感和妙不可言的幸福。有了太阳的味道，不管生活中包含多少艰难困苦，都会有一种甜丝丝、暖融融、促人奋发向上的感觉和力量。生活中，酸、甜、苦、辣、咸，缺了哪一味都无关紧要，只有一样不可缺，那就是太阳的味道。

到苇塘去

月亮像一个银色的盘子，圆圆的，大大的，正好挂在了蓝色天鹅绒似的中天。头一天夜里，下过一场蒙蒙细雨，天就被洗得如此清澈如此透明了。

有风儿软软地吹着，给小村注入了一股很好闻的气息。人们当然知道，这“很好闻的气息”，是从村外那片新开发的苇塘传过来的。

便有好事者离开小村，悄悄地到苇塘去了。

已是秋天，一切烦闷和不安似乎都已过去，唯有静谧的苇塘可以把人领入一个超凡的境界。距离苇塘愈近，这种清爽的感觉也就越发真切。古人所说的“秋高气爽”，其灵感恐怕也是源于类似的情景吧？如果不是亲身感受，有谁能把这特殊环境的特殊氛围说得清楚。特别是这苇塘清幽的气息，的确淡得似有若无，细细的香味却又浓淡适度地隐含在其中。不仅比葱花爆锅时的味道动人，就是比端午节的粽子还要意味绵长。难怪有人说，芦苇、树木、花草……都是大自然的造化，其奥妙是人类永远也不能企及和超越的。

刚刚洗了澡的月儿，在天空漫游着，把清丽的光辉洒在大地的每一个角落。月亮的慷慨，是她经过了亿万年修炼的结果吗？她把光辉给了山，山便有了明暗有致的光影了；她把光辉给了水，水便有了透明的返照了；她把光辉给了苇塘，苇塘便有了如诗如梦的画面了。苇子早已扬花，注满了月的光亮，就在苇花上跳着，就在苇叶上跳着，就在苇秆上跳着，她还真是个不安分的小精灵呢。月光还滑落到苇子的底部，在浅浅的水中东游西逛，真是玩了个酣畅淋漓。这时候的苇塘完全被月光笼罩了，已分不清哪是天，哪是地，哪是芦苇，就连来到苇塘边的人，也变成银白色的了。

是风儿吧？把芦苇的头压得低低，从远处簌簌地、急三火四地赶来，到人们的面前稍有停顿，也就仅仅撒了一个欢儿，又踩着芦苇的头尖儿，匆匆忙忙地跑远了。芦苇翻滚着不大不小的波浪，月光也跟着疾跑，停留的地方，就留下一串晶莹的亮点，跳过的地方，就是一个暗洞了。这样，苇塘就有的地方银白，有的地方墨绿，有的地方漆黑一团，像画家笔下濡染的一片墨，使得月下的苇塘越发有层次感越发地生动了。眼前的苇秆、苇叶还互相穿插着，像一张纵横交错的大网，在风儿的摇晃下，发出“刷啦刷啦”的响声。

这“刷啦刷啦”的响声，原来不仅仅是风的缘故，是鱼儿在芦苇的根部自由地戏水，给这静静的苇塘之夜增添了生动的一笔。人们不愿打扰了这里的气氛，便接二连三地回到村子里去了。

月色更浓了，苇塘的影像会真切地浸入到人们的梦中……

独　鸟

电线上落着几只鸟儿。我们知道，它们其中有的不是叫“黄点颏”，就是该叫“青头鬼儿”，或者干脆叫“柳树叶儿”吧，我们再不清楚有什么别的叫法。

开始是五六只。这些鸟儿是什么时候落上的，落上之前都做了些什么，我们谁也没在意。紧接着又落下来七八只，和原来的几只混合在一起。这些鸟儿，本来在天空中嬉闹了好一阵子，才一只接一只地落在电线上。

又有鸟儿飞来，它们落在哪儿，人们都不觉得异样。

这时候，我们注意到有一只鸟儿，这只鸟儿真是个别，始终在离这些鸟儿一两丈远的地方，它一直都郁郁寡欢，和这些鸟儿保持着距离。我们很奇怪，它是什么时候落在这儿的？它为什么这样不合群，偏偏要落在远一点儿的地方呢？

我们挥动起衣褂或者头顶的帽子，我们“哇

哇”地乱叫，企图把这些鸟儿“轰”走。可是，并不奏效，所有的鸟儿倒是飞了起来，踅了一两圈儿就又落在了原来的地方。那只“个别”的鸟儿，还是单独落在了一个地方。

我们不得不开始关注这只个别的鸟儿。几经研究，我们揣测：

1.这只鸟儿和别的鸟儿闹了别扭，它在生闷气；

2.这只鸟儿性格孤僻，它的血统和别的鸟儿不一样；

3.这只鸟儿特别优秀，别的鸟儿嫉妒它；

4.这只鸟儿不愿意和别的鸟儿在一块儿，它在独立思考问题；

5.这只鸟儿生病了，它不愿动弹……

当然，我们的揣测是否正确，没有人能给作出裁定。直至两天后，我们还议论不止。

其实，在我们中间，也有个和这只个别的鸟儿一样的家伙，他也总是不合群。那天，他实在憋不住了，讪讪地凑了过来，还大言不惭地说：“不对！你们说的都不对。”

“不对？”

“难道我们猜得都不对？”

要知道，我们是一群多么自信的好汉！面对电线上的鸟儿，面对这个个别的家伙，我们似乎宽容起来：

“那么，你说说，你说说……”

漂 流 瓶

漂流瓶是从辽河的上游漂下来的。它的出发地到底在哪儿，我们当时还没法知道。

河水不小也不大，流速不急也不缓。说来奇怪，我们看到这个瓶子的时候，它差不多还在河的中心。等到了我们面前，它却被打起的漩涡转得立了起来。我们中的一个人，当然不是我，伸手一抓就把漂流瓶抓在了手里。

这是一个普通的瓶子，它曾经装过啤酒或者白醋吧；这肯定不是个普通的瓶子，在它的瓶颈处被系上了一条红绸带。如此装扮，使人感到有些稀奇。

“这是个魔瓶！”

我仅仅就是这么一个念头，脑海里就涌出了一个很有悬念的故事。

说早时候有个小孩儿，在河边捡了个瓶子。他很好奇，就把瓶子给打开了，“噗——”从瓶子里冒出一股细细的白烟儿，眼前立时出现了一个亭亭玉立的荷花仙子……

我当然不信什么荷花仙子。可是，还是觉得这瓶子里有什么特殊的秘密，不敢轻易把瓶子打开。其实这瓶盖上好像被封了蜡，很密实。有人用小刀子，硬是把瓶盖给启开了。

我眼前出现了幻觉。我恍惚看见有一股黑烟从瓶子里冒了出来，出来的是个面目狰狞的妖怪，上顶天下拄地。妖怪说："我正在瓶子里睡觉，你们怎么把我给惊醒了！"我浑身一哆嗦，妖怪接着说："你们赶快把我装回到瓶子里去，不然，我吃了你们……"

这时候，我们发现瓶子里有一层层薄薄的塑料，塑料包裹的是一张张字条，字迹很清晰：

亲爱的素不相识的小朋友

这不是一个简单的游戏，这是对你们的一个拜托。好了，你们做得很棒。把字条送回去吧，漂流瓶要奔向大海

三江口的六个小朋友

×年×月×日

“三江口？”我想那一定是在离我们很远很远的地方吧。

随着，我们又看了瓶里另外几张字条，上面分别写着：

“古榆树的小朋友支持你们！”

×年×月×日

“七家子的小朋友支持你们！”

×年×月×日

“古城堡的小朋友支持你们！”

×年×月×日

于是，我们快速地找出纸笔，依照别处小朋友的样子，用很粗壮的笔体写上：

“我们加入你们的队伍，三面船的小朋友支持你们！”

×年×月×日

写好后，我们细心地把字条包好，然后认真地把它放进了漂流瓶里，将瓶盖拧紧后又用蜡封好，把瓶子投入了辽河，漂流瓶寻找它的大海去了。

整个过程，当然没有出现亭亭玉立的荷花仙子，也没有出现面目狰狞的妖怪。

一路上，漂流瓶还会遇到哪些故事呢？

我们站在岸边，一个个恋恋不舍地目送着远去的漂流瓶，心里默念：愿漂流瓶好运！

雪地上的红头巾

为了一件美滋滋的好事，我要从柳树沟到二道村去。

雪，特别大，一脚上去就是一个深深的雪窝子。从柳树沟到二道村，中间没有村落，这样的天头也难有行人。望着白茫茫的四野，我不禁暗暗叫苦，这十多里的雪路叫我怎么走啊！

真是天无绝人之路。这时身后响起一串鞭声，不知什么缘故，显得特别清脆。随后，就听见了马蹄子快节奏的踏雪声。刚一回头，一只马爬犁到了近前。真没想到，赶爬犁的竟是位大姐姐。她喘着粗气，晶莹的白霜给她那条鲜艳的红头巾镶上了一道银边儿。

到了这般地步，我也就不加顾忌，要求捎个脚。

她倒是把马缰绳勒住了。望望前面，又看看已是半大小子的我，冷冷地说："不行！"

搭车捎脚，在咱乡下根本不会有问题，没想

到这位大姐姐居然说“不行”。这样的机会我不能放过，便嬉皮笑脸地苦苦哀求，她还是说不行，并且显得很慌乱。

我向她不断推介自己的好人好事，紧接着又解释定要尽快赶到二道村的原因，并把能够想到的好词汇全都送给了她。

她动心了，说：“那好，你赶着爬犁走吧，到了二道村，把马拴在桥桩上。”

“那你……为什么不坐？”

“少啰嗦，快走你的吧！”她不耐烦了。

不知是受着一种什么东西的驱使，我居然晃动了鞭子，马儿牵动着爬犁飞起来了。

我回过头，见那大姐姐蹲在了雪地上，红色的围巾异常耀眼。

她见我在瞅她，忽又站起来，厉声喊：“你快走！”

我很奇怪，也很不忍心，但在大姐姐的威严下，还是赶着马儿走了。偶一回头，见身后腾起了蒙蒙的雪雾，大姐姐的身影渐渐地模糊，既而也就消失了。

当我赶到二道村的时候，马儿跑了一身汗。

一个大哥哥迎了上来，看看我，有些奇怪："素芳呢？"

我说明了缘由。

他瞪起了眼珠子，冲着我吼道："你这个混蛋！"

他见我被骂呆了，又解释道："刚才柳树沟来了电话，说素芳闹肚子了，腹泻难止，是来上卫生所的，你别见怪，我气消啦！"

我这才明白，那个大姐姐为什么一次又一次地蹲在雪地上。

说着，大哥哥已扬起了鞭子，向着来路飞驰，不一会儿就消失在茫茫的雪雾里了。

我被钉在了桥头，直想哭。我突然想起了不知是谁诌出的一句文词儿："当你想为自己方便的时候，首先要想一想别人是否方便。"

土墙、菜园与蚂蚁菜

我家的后园，有一圈矮矮的土墙。这土墙，尽管已有些颓旧，却还是把整个后园严严实实地围起来了。

那些猪呀、鸡呀什么的，只能垂着长长的涎水，闻着园中的香味，若想进去糟蹋或啃食，是根本办不到的。

这样，园中的豆角、西红柿、茄子什么的，都得到了很好的保护，加上足够的水肥，就可自由、欢乐、尽情地生长了。每到好的季节，园中苍翠欲滴、紫红相衬，果实肥硕、玲珑剔透。飘散的菜香，使过路人为之垂涎。自然，我们一家全年食用的蔬菜，都来自这个菜园，这土墙的功劳也就不言而喻了。

一日，姐姐说："我们给土墙装扮一下吧。"

我表示赞同："土墙是有功的，我们给土墙戴花吧。"

于是，我们从邻家的窗前挖来一些蚂蚁菜，

精心地栽在了土墙上。

姐姐说："蚂蚁菜是生命力很强的植物，不要求很多的水分和肥料，只要有土，便可扎下根来。"

果然，数日后，土墙上便有了一条绿带。随之而来，红色的花、白色的花、黄色的花、紫色的花，就次第开放了。这姹紫嫣红的花墙和园中绿油油的菜畦随风起舞，相互致意，真是别有一番情致。紧接着，有新芽分蘖出来，有成熟的种子落在墙上，小蚂蚁菜诞生了。这个花的家族，在土墙上的日子，过得满是兴隆。

这时候，我添了一些关于土墙、菜园与蚂蚁菜的梦，多了点慰藉与想象。

过路人有了议论："蚂蚁菜是有情的，别看长得那么小，不管是在地上，还是在墙上，都能开出好看的花来……"

你说，这多有意思呀！

事情总不能尽遂人愿。是夜，电闪雷鸣，大雨如注，再也做不成色彩斑斓的梦。我到外边去，看见蚂蚁菜在土墙上艰难地摇曳，很是担心，这娇小的生命不知能否敌过风雨的袭击。复进屋来，仍然不能睡稳，只盼望雨过天晴，好让花儿在明朗的星空下自由欢笑。可是，愿望终归是愿望，外面依旧是电闪雷鸣，大雨如注。

突然，一声闷响，紧接着又是一声闷响。我知道，土墙倒了。唉，怎么办呢？戍守菜园的土墙倒了。

第二天，雨的确是停了，东方的天际还出现了一道彩虹。人们兴高采烈地干自己的事情去了，我的心里却是不尽的懊恼。我的土墙倒了，鲜艳的花儿本来是为其献上敬意，却不料在一场风雨之中成了殉葬品，被砸碎，落在烂泥里了。

我站在倒下的土墙前，忽然感觉到豆角、西红柿、茄子们一下成了无人看护的婴儿。虎视眈眈的猪们、鸡们，随时都有入侵的可能。

姐姐说："不要伤心，我们重新把墙垒起来就是了。"

我说："墙倒可以垒起来，可是花儿却和我们永别了。"姐姐说："我们可以重新栽起来嘛。"

我说："那毕竟不是原来的了。"

姐姐不再说话，也有了一种茫然若失的神态。

我们开始垒墙了，怀着对菜园的爱怜，怀着

对花儿的悼念。

一圈墙重新垒起，菜园子又得到了保护，宣告了猪、鸡们的企图彻底破产。

姐姐准备着去邻家移栽蚂蚁菜了。

可是，已经无此必要。你看，在刚刚垒起不久的土墙上，又有了绿芽。那混在泥土里的蚂蚁菜的残枝，那落在泥土里的蚂蚁菜的种子，早已感觉到了自己的使命。我深深地为生活的这种默契而感动。

情感往往能产生巨大的力量。

姐姐说："你不要过多地联想呢。"

我说："是呀，这也许是生命给了我们某种暗示吧。"

姐姐笑了，笑得很好看呢。

现在，土墙上的蚂蚁菜花又开得鲜艳了，红色的花、白色的花、黄色的花、紫色的花……

我又想起了过路人的议论："蚂蚁菜是有情的，别看长得那么小……"